전략
삼국지
2

천 하 삼 분 의 계 책

SANGOKUSHI (2)

Text by MITAMURA, Nobuyuki, illustrations by WAKANA, Hitoshi +Ki

Text copyright © 2002 by MITAMURA, Nobuyuki

Illustrations copyright © 2002 by WAKANA, Hitoshi +Ki

First published in Japan in 2002 by Poplar Publishing Co., Ltd.

Korean edition copyright © 2005 by Sam Yang Media

Through PLS, Seoul. All rights reserved.

천하삼분의 계책

나관중 원작 | 나채훈 · 미타무라 노부유키 평역 | 와카나 히토시 그림

삼양미디어

당시 지도

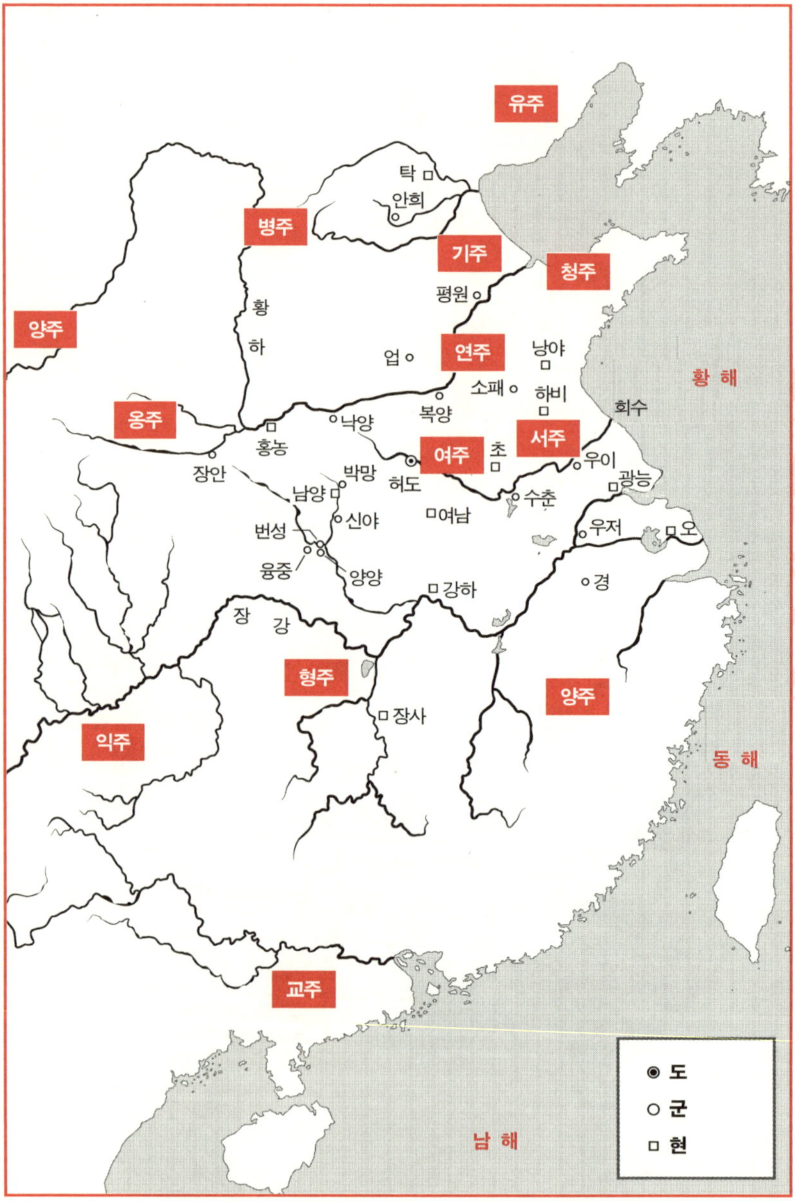

유주

탁
안희

병주

기주

청주

평원

양주

황
하

업

연주

낭야

소패

하비

황 해

옹주

낙양

홍농

복양

여주

초

서주

회수

장안

남양

박망
허도

우이

광능

번성

신야

여남

수춘

우저

오

융중

양양

강하

경

장 강

형주

장사

양주

동 해

익주

교주

● 도
○ 군
□ 현

남 해

4

백마 · 관도대전 관련 지도

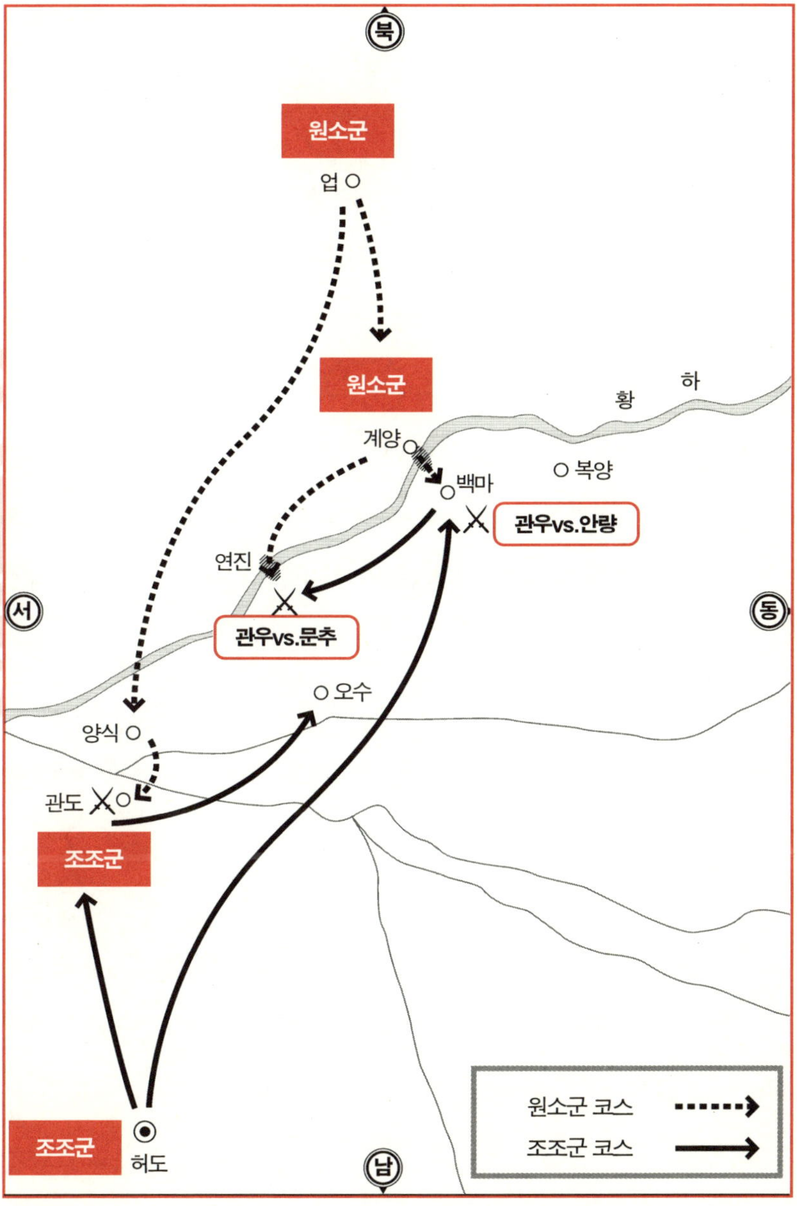

북

원소군

업 ○

원소군

황   하

계양 ○   ○ 복양

○ 백마

관우vs.안량

연진

관우vs.문추

서   동

○ 오수

양식 ○

관도 ○

조조군

조조군

허도

남

원소군 코스 ------▶
조조군 코스 ────▶

 **추천의 글**

이 수 성(전 국무총리, 현 새마을운동중앙회장)

삼국지는 오랜 세월 동양의 고전으로 흥미진진한 영웅담으로 읽혀지면서 가장 인기 있는 역사소설이 되었고, 특히 사회적으로 어지러운 기류가 일어날 때는 인생의 지침서나 바른 처세의 교훈서로 각광을 받았습니다.

그 이유가 무엇일까요?

등장하는 수많은 인물들의 인간적 매력, 그리고 그들의 실패와 성공 뒤에 도사리고 있는 지묘와 전략, 신의와 배신, 소용돌이치는 철저한 이기심과 당당한 대의의 마찰 등 장면마다 극적 현상들이 사람의 마음을 끌어당기기 때문일 것입니다.

관우의 신의와 장비의 무혼, 조자룡의 성심과 용맹, 제갈량의 신출귀몰한 지략, 조조의 현실지향적 사고와 간계, 유비의 장자다운 인간애에 매료당하는 이유도 있겠지요.

그러나 무엇보다도 중요한 것은 청소년 시절에 가져야 할 큰 꿈, 그리고 그것을 실현하는 능력과 기백에 대하여 옳고 그름을 판별하고 대의를 존중하며, 최대 다수의 최대 행복이 무엇인가를 숙고하게 해 주는 지침서이기 때문이라고 생각합니다.

이번 한일 양국의 협력 속에 발간되는 「전략 삼국지」는 21세기의 젊은이들이 반드시 읽어야 할 교양 필독서이자 장차 삶의 내용을 풍부하게 해 줄 인간 경영의 큰 틀을 보여 준다는 점에서 많은 분들의 사랑을 받을 것이라고 확신합니다.

흥미도 흥미지만 진지한 마음으로 수많은 인물들의 활약상을 음미해 보십시오.

시대는 바뀌어도 변하지 않는 것 - 인간의 위대한 모습이 무엇인지를 독자에게 되새겨 주리라 믿습니다.

삼국지라는 역사 공간에서 민중과 지배자와의 관계가 어떻게 형성되어야 역사의 성공을 이룰 수 있는지를 살펴보고 우리의 현실을 어떻게 개척해 나갈 것인가도 생각해 보았으면 싶군요.

일독을 권하면서 독자들의 큰 성취를 기원합니다.

이수성

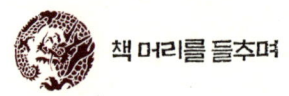

원래 「삼국지」는 촉한 출신의 진(晉)나라 역사가였던 진수라는 분이 조조의 위나라, 유비의 촉한, 손권의 오나라 역사를 기록한 책입니다.

이 역사서의 큰 뼈대를 바탕으로 해서 재미있는 역사소설로 펴낸 것이 「삼국연의」라는 나관중의 작품입니다. '연의'라는 말은 꾸며 쓴 이야기, 즉 소설을 말합니다.

결국 이 역사소설이 흥미가 진진하고 재미가 있어 널리 읽히게 되어 「삼국지」라고 하면 나관중의 역사소설로 인식될 정도가 되었고, 요즈음 「삼국지」라고 할 때 그것이 나관중의 작품이 되고 만 것입니다.

사실 역사서보다는 역사소설 쪽이 재미 이상의 교훈을 많이 담고 있고 등장하는 인물들에 대한 매력과 흥미를 잘 묘사하고 있지요.

예를 들면 천애고아가 된 제갈량이 용기를 잃지 않고 노력하여 뛰어난 전략가이자 명 정승이 되어 펼치는 기기묘묘한 계책이나 최선을 다해 임무를 완수하려는 정신, 그리고 세상에 대해 갖고 있는 올바른 사고방식이 있습니다.

그리고 도원결의에서 나타난 유비, 관우, 장비 삼형제의 신의와 의리, 목숨을 초개같이 여기면서 지키려 하는 무사정신은 우리의 심금을 울리지요. 꾀 많은 조조가 발휘하는 갖가지 모습 또한 어느 때는 무릎을 치게 하고, 어느 때는 탄식을 불러일으킵니다.

그래서 「삼국지」는 이런 모습들을 다양하게 보여 주는 여러 작가들의 작품이 나왔고, 어린이를 위한 것은 물론 만화로도 많이 나와 널리 읽히게 되었습니다. 따라서 완역본을 바탕으로 한 소설이나, 계층에 알맞도록 재구성된 소설, 또는 만화가 나름대로의 특징으로 독자의 사랑을 받고 있는 것입니다.

어떤 작품이 정본(正本)이고 어떤 작품이 옳다든지 하는 의견도 더러 있습니다만, 그것은 큰 의미가 없고 오히려 작가 나름대로의 시각이 살아 있는 쪽에 의미를 두는 것이 좋으리라 생각됩니다.

이번에 펴내는 「전략 삼국지」는 도원결의에서 시작하여 오장원에서의 제갈량 죽음까지를 다루는데 제갈량의 활약 쪽에 무게를 두고 젊은이들이 읽기 쉽도록 했다는 데 특징을 주었습니다. 그리고 관우와 장비를 중심으로 보여 주는 의리와 신의를 보다 부각시켰습니다. 물론 원전에 바탕을 둔만큼 다른 삼국지와 크게 다르지는 않겠으나 풍부한 삽화와 관계되는 장면을 지도로 설명하며, 보충설명을 넣어 누구든지 읽고 재미를 느끼며 지혜와 용기, 지켜야 할 도리 같은 것을 배울 수 있었으면 하는 바람을 담았습니다. 많은 사랑과 이해를 부탁드립니다.

인천에서

평역자 나채훈 씀

9

등장인물

유 비

전한(前漢) 경제(景帝)의 후손.
조조에게 시달림을 당하고 관우와 장비와 함께 고생을
거듭하지만 이윽고 공명의 존재를 알고, 삼고초려로 군사로
받아들여 천하삼분의 계책에 따른 활동을 시작한다.

관 우

무용에 뛰어나고 신의를 중시하는 참다운 용사.
유비의 두 부인을 지키기 위해 조조에게 항복한다.
안량과 문추를 베어 조조의 은혜에 보답하고 6명의 수문장을
베고 다섯 개의 관문을 돌파하여 유비에게 돌아간다.

장 비

장팔사모를 무기로 사용하는 맹장.
서주에서 조조에게 패한 뒤, 유비와 관우와 뿔뿔이
헤어졌으나 고성을 근거지로 하여 불량배들을 모아 유비와
관우가 찾아오기를 기다린다.

조 운

공손찬의 부하였다가 크게 실망하고 유비의 인품에 끌려
섬기기를 원하고 있다가, 장비가 근거지로 삼았던 고성에서
유비와 재회하여 평생의 주군으로 모신다.

손 건

유비 진영의 외교관.
뿔뿔이 헤어진 유비 진영을 모으는데
연락역을 맡아 동분서주한다.

제갈량

자는 공명. 큰 재주와 지혜를 갖고 있으면서도
융중에 숨어 살았으나 유비의 삼고초려에 응해 군사로서
유비를 섬겨 박망파의 승리를 쟁취한다.
유비에게 천하삼분의 계책을 권해 파촉 땅을 노린다.

조 조

결단력과 통솔력이 뛰어난 환관의 후손.
원소와 관도에서 천하를 건 싸움을 하여 병력 수에서는
압도적으로 뒤떨어졌으나 결단력으로 원소를 격파하고
하북 일대 영토를 손에 넣는데, 남정 준비에 착수한다.

순 욱

조조의 참모. 항상 조조 옆에 있으며
적절한 조언이나 계책을 진언하여 조조의 천하 쟁취를 돕는
한편 재상으로서의 역할도 무리없이 한다.

정 욱

조조의 책사.
순욱과 함께 조조를 보좌했는데 좋은 계책을 많이 내놓았고,
특히 서서를 유인하는 데 공로를 세운다.

등장인물

하후돈

무장. 조조가 군사를 일으켰을 때부터 따라 다녔다.
신야의 유비를 공격했으나 공명의 계략에 걸려 대패배를
맛보지만 천성적으로 성실한 인품이다.

장 료

본디 여포의 부하.
이전에 관우에게 목숨을 구해 받은 은혜를 갚기 위해 관우를
설득하여 조조에게 항복시킨다. 기병전략이 뛰어난 장군.

손 책

강동 땅의 젊은 지도자.
자객의 습격을 받아 중상을 입지만 겨우 살아나고 그 뒤,
우길 선인을 죽였기 때문에 그 망령에 시달리고
회복되어 가던 상처가 덧나 결국 죽는다.

손 권

손책의 동생.
손책이 급사했기 때문에 19세에 그 뒤를 잇는다.
능력있는 참모들을 기용하고 도움을 받아 강동의 국력
충실을 도모하여 차츰 세력을 넓혀 나간다.

우 길

도사.
강동 땅의 백성으로부터 존경을 받고 있었으나
요술을 부렸다고 오해받아 손책에게 살해당한다.

헌 제

후한의 마지막 황제.
자신이나 조정을 업신 여기는 조조의 행동을 비난하고,
조조를 치라고 하는 밀칙을 동승에게 내린다.

동 승

동귀비의 오빠.
헌제의 밀칙을 받고 조조를 타도하기 위한 동지를 모으고,
유비에게 접근한다.

왕자복

동승의 친구.
동승의 계획에 협력한다.

길 평

의사. 동승에게 협력하여 조조에게 약그릇을 주면서
독을 넣어 먹이려 하다가 실패하고 고문을 당하고 자살한다.

등장인물

원 소

후한 최대의 명문 태생으로,
조조와 천하를 다투지만 결단력과 통솔력이 결여되어
결국에는 조조에게 패하고 멸망당한다.

안 량

원소의 부하.
용맹함으로 조조를 놀라게 했으나
관우에게 죽임을 당한다.

문 추

원소의 부하. 안량과 맞먹는 무장.
역시 조조에게 대항하다가 관우에게 죽임을 당한다.

저 수

원소의 참모.
조조군의 야습을 예견하지만 원소는 받아들이지 않고
오히려 미움을 받고 조조군의 포로가 된다.

전 풍

원소의 책사.
진언이 받아들여지지 않고 원소에게 미움을 사서
옥에 갇혔다가 목숨을 끊는다.

심 배

원소의 참모.
관도의 싸움에서 조조군을 괴롭히지만
원소 진영의 내분을 조장하는 잘못을 범한다.

허 유

옛날에 조조와 친교가 있었기 때문에
원소의 신용을 얻지 못해 마침내 조조에게 귀순하고,
오소의 화공을 진언하여 조조에게 승리를 안겨준다.

유 표

형주 자사(장관).
유비와는 동족 사이이기 때문에 자신을 의지하고
찾아온 유비를 따뜻하게 맞아들여 대접한다.

사마휘

양양에 사는 은둔자.
유비를 집에 묵게 한 수수께끼의 인물.
'와룡' 과 '봉추' 에 대한 이야기를 유비에게 해 준다.

서 서

사마휘의 권유로 유비의 군사가 된다.
정욱이 쓴 어머니의 가짜 편지 때문에 유비를 떠나지만
공명을 추천하고 허도로 간다.

15

영웅이 누구냐?

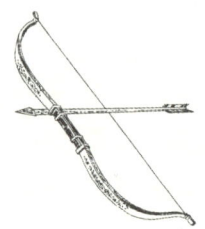

1

승전고를 울리며 허도로 돌아온 조조는 여포를 토벌한 전후과정을 조정에 상세히 고하고, 유비와 함께 공적을 올렸다.

조조의 추천 덕분에 유비는 조정으로부터 좌장군 의성정후(좌장군은 지위가 높은 장군. 의성정후는 의성을 하사 받은 제후라는 의미)라는 직을 얻게 된다.

또 황실의 계보를 조사해 보니 유비는 실제로 전한의 제 6대 황제, 경제[*]의 후손으로서 족보상 황제에게는 숙부뻘에 해당된다는 것이 밝혀졌다.

"오오, 짐에게 그대와 같은 믿음직한 숙부가 있었는가!"

황제는 크게 기뻐했다.

즉시 황제와 유비는 숙부와 조카로서의 인사를 나누었다. 조조에게 억눌려 있던 황제로서는 유비의 존재가 큰 위안이 되었던 것이다.

이 사실이 알려지자 사람들은 유비를 '유황숙(劉皇叔)'이라고 불렀다. 황숙은 황제의 숙부라는 의미이다.

그때 순욱과 정욱 등은 유비와 조정과의 친밀한 관계가 조조에게 도움이 되지 않는다고 걱정했으나, 조조는 조금도 개의치 않았다.

"유비가 조정과 관계가 깊어지면 나에게는 더욱 편하다. 천자의 조칙이라고 하여 내가 명령하는 것에 절대로 거역할 수 없게 되니 말이다. 게다가 이렇게 허도에 붙잡아 두면 내 손 안에 있는 것과 같으니 걱정할 것 없다."

조조에게 있어서 조정과 유비는 그때까지 자신을 위협할만한 힘이 없었던 것이다.

"장군님의 위세는 이제 하늘을 찌를 듯한 기세이기에 어느 누구도 당할 수가 없습니다."

어느날 정욱이 이렇게 말하며 운을 뗐다.

"이제부터 천자를 대신하는 원대한 구상도 차츰 고려하셔야 되지 않겠습니까?"

"아니다. 아직은 경솔하게 나설 수 없다. 나는 어디까지나 한조

경제(景帝)

전한의 6대 황제. 법령을 재정비하고, 즉위 3년만에 일어난 오초칠국의 난을 평정하여 중앙의 권위를 회복했다. 농업과 누에치기를 권장하고 솔선하여 근검절약해 국가 재정을 튼튼하게 했다. 뒤를 이은 한무제가 대사업을 펼칠 기반을 다졌다고 평가 받는다.

의 녹을 먹는 몸이 아닌가. 후대라면 몰라도……."

조조는 고개를 흔들었으나 웃으며 이렇게 덧붙였다.

"하긴 사람들의 마음을 시험해 보는 것도 나쁘지는 않겠지."

그로부터 며칠 뒤, 조정 대신들에게 황제가 허도 교외에 있는 허전에서 사냥을 한다고 통지되었다.

유비의 저택에도 황제의 사냥에 수행하라는 연락이 왔다.

"황상 폐하께서 사냥을 좋아하신다는 얘기는 들어 본 적이 없는데……."

유비는 고개를 갸웃뚱했다.

"혹시 조조가 무리하게 권한 것이 아닐까요?"

관우가 짐작이 간다는 듯이 말했다.

"조조는 요즘 오만불손해져 마음에 들지 않는 대신을 추방하거나 이에 항의하는 조신들을 붙잡아 가두는 등 조정을 업신여기는 행동이 눈에 띄게 늘었습니다. 아마 이번 일도 무슨 속셈이 있어서 하는 것이 분명합니다."

"음, 아무 일도 없으면 좋으련만……."

유비는 걱정스러운 듯이 미간을 찌푸렸다.

이윽고 사냥가는 날이 되었다.

유비는 관우와 장비를 데리고 사냥 도구를 챙겨 사냥가는 일행에 참가했다.

조조는 황제와 거의 나란히 말을 몰았고, 그 뒤에는 그의 심복 부하들이 수행했는데 조정의 신하들은 멀리 떨어져 뒤를 따라갔다.

허전은 허도에서 그리 멀지 않은 사냥터로, 주위가 200리 가량 되었다. 그 주위를 병사들이 에워싼 채, 사슴이나 토끼 등을 풀어 놓고 그것을 활로 쏘는 것이 그날의 행사였다.

황제는 사냥을 별로 좋아하지 않아 그다지 마음이 내키지 않는 듯했으나, 유비가 풀숲에서 뛰어 나온 토끼를 활로 쏘아 잡자 비로소 얼굴에 미소를 띠며 말했다.

"황숙, 훌륭한 솜씨로군요."

언덕을 돌아갔을 때, 갑자기 사슴 한 마리가 달려 나왔다. 황제는 연달아 화살을 세 개나 쏘았으나 어느 것도 맞지 않았다. 사슴은 껑충껑충 뛰며 숲 쪽으로 도망치기 시작했다.

황제는 옆에 있는 조조를 돌아다보았다.

"조장군, 저것을 쏘아보시오!"

"알았습니다. 활을 빌려 주십시오."

조조는 황제에게 활을 빌려 화살을 메기고 힘껏 잡아 당겼다가 '탁' 하고 놓았다.

화살은 보기 좋게 사슴의 옆구리에 꽂혔고 사슴은 몇 걸음 걷지 못하고 '쿵' 하고 쓰러졌다.

"와—와! 금화살이다!"

사슴을 잡은 화살이 금빛이었기 때문에 황제가 쏜 것이라고 여긴 조정의 신하들과 수많은 장수를 위시하여 병졸들에 이르기까지 제각기 만세를 부르며 모여 들었다.

"만세! 만만세!"

그때였다. 조조가 말을 움직여 황제 앞을 가로막았다. 그리고 활을 높이 치켜들고 그 만세를 마치 자신이 받는 시늉을 했다.

순간 주변 사람들은 '앗' 하고 얼굴색이 변했다.

유비 뒤에 있던 관우는 눈썹을 치켜올려 길게 찢어진 눈을 한껏 크게 뜨며 조조를 노려보았다. 그런데 관우의 손이 허리의 검집에 가 있는 것을 본 유비는 황황히 눈짓을 하여 관우를 제지하면서 몸을 구부려 조조에게 말했다.

"조 장군님의 활솜씨는 참으로 훌륭하십니다."

"아닐세, 이것은 다 천자님의 위광 덕분이네."

조조는 웃으면서 대답하고, 황제에게 축하의 말을 했다. 그러나 활은 돌려주지 않고 자신의 등에 둘러맨 채였다.

이윽고 사냥이 끝나고 잡은 짐승들은 골고루 참가자들에게 나눠 준 후에 황제 일행은 허도로 돌아왔다.

유비는 집에 돌아와, 사냥터에서의 일로 관우에게 주의를 주었다.

"오늘 사냥터에서 검집에 손을 댄 행동은 도대체 어떻게 된 것인가? 장비라면 모를까, 평소에 신중한 그대에게 어울리지 않잖은가?"

"조조는 황상 폐하를 무시하고 마치 자신이 황제인 양 행동했습니다. 그래서 죽이려고 했던 것입니다. 형님이야말로 어째서 저를 말리셨습니까?"

"쥐를 잡고 싶어도 그릇을 깰까 걱정한다* 는 말처럼 황제와 조조 사이가 너무 가깝고 조조의 주위에는 심복 부하들이 수없이 있었네. 그대가 순간을 참지 못하고 조조에게 덤벼들었다면 우리는 그 자리에서 난도질을 당했을 걸세. 그리고 폐하에게 상처를 입히게 되었을지도 모르네. 앞으로는 절대로 경거망동하지 말고 조심하게나."

관우는 그제서야 고개를 끄덕였다.

한편, 조조는 허전의 사냥터에서 황제를 업신여기는 듯한 태도를 보이면 조정에서 반드시 어떠한 움직임이 일어날 것이라고 짐작하고 있었다.

아니나 다를까, 그로부터 이틀 후, 궁궐을 감시하고 있던 자로부터, 동귀비(董貴妃＝황제의 비 중 한 사람)의 오빠 동승이 돌연 궁중에 불려 들어가 황제와 무엇인가 얘기를 나누고 있다는 보고가 들

투서기기(投鼠忌器)
'쥐를 잡고 싶어도 그릇을 깰까 걱정이다.'라고 유비가 한 말. 간악한 자를 벌하고 싶어도 다른 사람이 다칠까 망설이게 된다는 의미로 쓰인다.

어왔다.

'아마도 밀칙을 내렸을 것이다.'

밀칙은 황제가 비밀리에 신하에게 내리는 공개할 수 없는 명령이다. 동승이 밀칙을 받았을 것이라고 짐작한 조조는 즉시 수레를 타고 궁궐 문 앞에서 동승을 기다렸다.

얼마 후 동승이 궁궐 문을 나왔다.

그는 조조를 보자 움찔하고 멈춰 섰다.

"이게 누구신가? 동승님, 오늘은 무슨 볼 일이 있어 입궐했는가?"

조조가 웃으며 물으니 동승은 재빨리 머리를 굴려 생각한 후 손에 들고 있는 옷과 허리띠를 펼쳐 보였다.

"천자님께서 이각 · 곽사의 다툼이 심했을 때 제가 도와 낙양(洛陽)으로 돌아오신 일을 고맙게 생각하시어, 그때의 사례라고 하시면서 이것을 하사해 주셨습니다."

"잠시 내게 보여 주지 않겠는가?"

조조는 동승의 손에서 옷과 허리띠를 집어 들어 햇빛에 비춰 구석구석 살펴보았다. 그리고는 자신의 몸에 옷을 걸치고 허리띠를 맸다.

"어떤가, 어울리는가?"

조조는 종자에게 가슴을 펴 보였다.

"참으로 잘 어울리십니다."

종자들이 각기 한마디씩 했다.

조조는 동승을 돌아다보았다.

"동승님, 이것을 나에게 주지 않겠소?"

"송구스럽지만, 천자님께서 친히 주신 것이기에 드리기가 뭣합니다."

"흠!"

조조의 눈이 번뜩 빛났다.

"그렇게 말하는 것을 보니까 그대와 천자 사이에 이 물건을 두고 무슨 약조가 있었던 것은 아닌가?"

"그렇지 않습니다. 하지만 그렇게까지 말씀하신다면 기꺼이 드리지요."

"아니, 농담일세. 마음 쓰지 말게나."

동승의 마지못한 듯한 말투에 조조가 껄껄 웃으며 옷과 허리띠를 되돌려주고 수레를 타고 가버렸다.

동승은 식은 땀을 닦으면서 집으로 돌아왔다. 그리고 방에 틀어박혀 옷과 허리띠를 꼼꼼히 살펴보기 시작했다.

실은 동승도 어딘가에 밀칙이 숨겨져 있는 것이 아닐까 짐작하고 있었다. 그것을 황제로부터 하사받을 때 분부를 들었기 때문이었다.

"집에 돌아가 이것을 잘 살펴보고 짐의 마음을 헤아리도록 하라."

하지만 아무리 살펴보아도 어떠한 표시도 나오지 않았다. 찾다가 지친 동승은 어느덧 책상에 엎드려 졸기 시작했다. 한참 있다가 퍼뜩 잠이 깼다. 뭔가 타는 냄새가 났던 것이다. 타다가 떨어진 등잔의 심지 조각이 허리띠 위에서 타고 있었던 것이다.

동승은 황급히 비벼 껐다. 그리고 나서 불에 타 구멍이 난 부분을 바라보며 안타까워하고 있는데 불탄 부분에 흰 비단 천이 드러나 보였다. 그곳에 붉은 얼룩이 나타나 있었다.

두근거리는 가슴을 억누르고 동승은 작은 칼로 신중하게 허리띠의 바느질 부분을 잘라 열어 보았다.

그러자 핏빛 글씨가 차례차례로 나타났다.

조조는 모든 권력을 쥐고 오만불손하게 짐과 조정을 업신여기고 있다. 자신의 일족과 심복 부하를 높은 지위에 앉히고, 제멋대로 행동한다. 이대로 가면 한조는 멸망할 것이다. 조정에 마음을 두는 사람들을 모아 조조를 물리쳐 한조를 옛날처럼 번영하게 하라.

이것이야말로 황제가 손가락을 깨물어 피로 쓴 밀칙이었다. 동승은 눈물을 흘리며 몇 번씩 되풀이해서 읽고 조조를 제거할 결의를 굳혔다.

'하지만 어떻게 하면 좋은가?'

당장은 좋은 방법이 생각나지 않았다. 동승은 이런저런 궁리를 하느라 그날 밤 잠 한숨도 자지 못하고 뜬 눈으로 밤을 새웠다. 그리고 새벽녘이 되어서야 깜빡 잠이 들어 버렸다.

아침 일찍, 친한 친구인 왕자복(王子服)이 불쑥 동승의 집을 찾

아왔다. 언제나 연통을 넣지 않고 방으로 들어가곤 했기 때문에 그 날도 안쪽 방으로 그대로 들어갔다. 동승은 책상에 엎드린 채 잠을 자고 있었고, 그 밑에는 흰 비단 한 조각이 드러나 보였다. 거기에 짐(朕)이라는 글자가 눈에 띄었다.

'짐(朕)[*]이라면?'

이상하게 생각한 왕자복이 그 천을 살며시 빼내 쓰여진 글자들을 읽었다. 모두 읽고 나서 그는 자기 소매 속에 그 비단천을 얼른 집어넣고 동승을 흔들어 깨웠다.

"동승, 일어나시게. 벌써 날이 밝았소이다."

동승은 잠이 깼다. 그런데 눈앞에 있어야 할 밀칙, 즉 흰 비단천이 안 보였다. 당황해서 여기저기를 찾고 있으려니까 왕자복이 다그쳐 물었다.

"자네는 조조 장군을 해치우려고 하고 있지? 괘씸하도다. 내가 고발을 해야겠네."

그 소리를 듣자, 동승의 온몸이 굳어졌다.

"아ㅡ아! 한조의 운명은 이제 다했구나……."

왕자복은 동승을 바라보더니 웃으며 소매 안에서 밀칙을 꺼냈다.

"농담일세. 나 역시 대대로 한조의 녹을 먹어온 몸인데 어찌 밀고 같은 짓을 하겠나? 함께 힘을 합쳐 조조를 무찌르세."

"그 말을 들으니 안심이 되는군."

동승은 놀란 가슴을 쓸어내렸다.

그리고 나서 두 사람은 몇 가지 방책을 주고받은 후, 동승이 꺼낸 천에 각자의 이름을 쓰고 혈판을 찍어 조조를 제거하자고 맹세했다.

2

동승과 왕자복은 동승의 심복인 충섭과 오석, 왕자복의 친구인 오자란과 때마침 허도에 올라와 있던 서량태수(太守＝주 아래에 있는 군의 장관) 마등(馬騰)을 동지로 끌어들였다. 모두 조정에 마음을 보내고 있는 사람들로 허전에서의 사냥 때 보인 조조의 행동에 대해 크게 분개하고 있었다.

여섯 명은 다시 신뢰할 수 있는 동지를 찾아보기 시작했다.

그때 조신들 명부를 찬찬히 살펴보고 있던 마등이 한 사람 이름을 가리키며 외쳤다.

"여기 있다. 이 사람이야말로 바로 우리가 찾고 있던 사람이다!"

거기에는 '좌장군 유비' 라고 쓰여 있었다.

짐(朕)
황제가 자신을 지칭하는 말. 중국 최초의 황제 진시황(秦始皇)이 기원전 221년에 천하 통일의 대업을 이룩한 후 모든 제도를 일신하고 황제전용어(皇帝傳用語)로 만들어 사용했을 때 황제 자신이 자기를 지칭하는 말이 되었다.

"그렇다, 유황숙이라면 나무랄 데가 없는 분이네. 지난번 허전 사냥에서 조조가 무례한 행동을 했을 때, 의형제 되는 관우가 허리의 검집에 손을 갖다대자 유황숙이 만류하는 것을 목격했네. 아마 조조의 심복들이 많이 있었기 때문일 걸세. 유황숙 자신도 조조를 미워하는 것 같아. 우리에게 힘이 되어 줄 것이 틀림없네."

동승의 말에 일동은 고개를 끄덕였다.

다음 날 밤 늦게, 동승은 유비를 찾아갔다.

"동승님께서 이처럼 늦은 시간에 무슨 일이십니까?"

동승을 방으로 맞아들이면서 유비가 의아한 듯이 물었다.

"아니, 한낮에 찾아오면 조조한테 의심을 받을지도 몰라서 말입니다. 그런데 지난번 사냥 때 황숙님의 동생되시는 관우님이 조조를 베려고 했는데, 그것은 어떤 이유에서였습니까?"

동승은 지나가는 말처럼 슬쩍 물었다.

하지만 유비의 얼굴색이 확 변했다. 조조에게 부탁을 받고 상황을 살펴보러 온 것으로 여긴 것이다.

"동승님도 그것을 보셨습니까?"

"똑똑히 보았습니다."

유비는 체념했다. 잘못 변명을 하다 보면 오히려 의심을 더 받게 된다.

"동생은 조장군이 황상 폐하를 무시한다고 여겨 자기도 모르게 순간적으로 검집에 손을 댄 것입니다. 엄하게 꾸짖어 놓았으니까 부디 못 본 체해 주십시오."

그렇게 말하고 유비는 깊숙이 머리를 숙였다.

"아닙니다. 그것을 비난하려고 찾아온 것이 아닙니다."

동승은 손을 내저었다.

"그 반대로, 조정의 신하들이 모두 관우님과 같다면 마음이 든든하고 천하의 혼란도 금세 없어질 것 같다는 같은 생각이 들었습니다."

동승의 말에 유비는 아무래도 조조의 부탁을 받고 온 것은 아닌 것 같다는 생각이 들었으나 그래도 신중하게 말을 했다.

"거 참 이상한 말씀을 다 하시는구려. 조장군님께서는 나라를 잘 다스리고 계십니다. 천하의 혼란 같은 것이 어디에 있다고 그러십니까?"

그 순간, 동승은 안색이 바뀌며 자리에서 벌떡 일어섰다.

"저는 황숙님을 왕실의 어른이라고 믿었기 때문에 기탄없이 속을 터놓고 얘기해 보려고 찾아온 것입니다. 그런데 이런 말씀을 하다니, 역시 조조와 한패거리였군요!"

"잠깐만 기다려 보시오."

유비는 동승을 말렸다.

"조조에게 부탁을 받고 염탐하러 온 줄로 의심했소이다. 무례를 용서해 주시오. 어디 얘기를 들어봅시다."

"그러셨습니까? 아니, 저야말로 황숙님께 실례했습니다."

동승은 구겼던 인상을 풀며 다시 자리에 앉았다. 그리고 밀칙을 꺼내 유비에게 건네주었다.

"황숙님, 이것을 좀 읽어 보십시오."

"오오, 이것은……."

유비는 바짝 긴장을 하며 밀칙을 읽어 내려갔다. 읽고 나자 그의 눈에는 눈물이 맺혔다. 그 모습을 본 동승은,

"이미 여러 명의 동지도 생겼습니다. 황숙님께서도 부디 힘을 보태 주십시오."

하고는 흰 천을 꺼냈다. 거기에는 동승을 비롯하여 여러 명의 이름이 쓰여 있었고, 혈판이 선명하게 찍혀 있었다. 연판장이었다.

"조정을 위해서라면, 이 유비가 어찌 힘을 합치지 않겠습니까?"

유비는 즉각 마등의 이름 옆에 '좌장군 유비'라고 먹을 듬뿍 묻혀 서명하고, 손가락을 깨물어 혈판을 찍었다.

"황숙님이 동지로 가담하신 이상 조조를 쓰러뜨릴 날도 멀지 않을 것입니다."

동승은 크게 용기를 얻고 돌아갔다.

3

그 다음 날부터 유비는 무슨 생각을 했는지, 저택의 뒤뜰에 밭을 일구고 야채를 심기 시작했다. 허름한 작업복을 입고 밭을 갈고 비

료를 나르고 땀을 흘리며 일하는 모습이 주변의 농사꾼들과 조금도 다를 바 없었다.

"형님, 대체 무슨 생각이십니까?"

"좌장군 정도 되시는 분이 그런 일을 하고 있으면 세상의 웃음거리가 됩니다. 밭일 따위는 일꾼들에게 맡겨 놓으시지요."

어처구니가 없다는 듯이 관우와 장비가 만류했으나 유비는 상대도 하지 않은 채 오로지 밭일에 계속 정성을 쏟았다.

그런 어느 날, 관우와 장비가 볼 일로 외출을 하고, 유비 혼자서 야채밭에 물을 주고 있는데 허저가 수행원을 거느리고 찾아왔다. 조조가 부르고 있다는 것이었다.

"조장군님이 저를……."

깜짝 놀란 유비는 당황했으나, 곧 의복을 갖춰 입고 허저의 뒤를 따라 조조의 부중으로 갔다.

"요즘 재미있는 일을 하고 있는 것 같소."

조조는 들어오는 유비를 보더니 지나가는 말투로 맞이했다.

그 순간 유비의 얼굴이 흙빛으로 변했다.

'혹시 밀칙 건이 발각된 것일까…….'

조조는 유비의 변화를 눈치채지 못하고 빙긋이 웃으며 말을 계속했다.

"농사일이 상당히 힘이 들 텐데 괜찮소?"

유비는 '휴우' 하고 안도의 한숨으로 가슴을 쓸어내렸다.

"짬이 생기는 대로 운동삼아 하고 있을 뿐입니다."

"음, 몸을 위해서는 그것도 좋겠지. 그런데 귀공을 오라고 한 것은 다름이 아니라, 실은 작년에 장수를 토벌하러 가는 도중에 물이 없어 병사들이 목이 말라 괴로워한 적이 있었소. 그때 내가 '이 앞산 너머에 매화나무 숲이 있다'고 했더니, 병사들은 내 말을 듣고 군침이 돌아 목마른 것이 진정되었소.* 지금 뜰의 매화나무에 열매가 열려 있는 것을 보니, 그때의 일이 생각나 매실을 안주로 삼아 귀공과 한잔 하고 싶어서 불렀소."

그렇게 말하고 조조는 유비를 후원의 정자로 안내했다.

정자에는 청매실을 가득 담아 놓은 접시와 좋은 술냄새가 풍기는 술항아리가 준비되어 있었다. 조조와 유비는 매실을 안주로 술을 마시기 시작했다.

술이 몇 순배 돌아가 두 사람 모두 얼큰히 취했을 때였다. 갑자기 시커먼 먹구름이 하늘을 뒤덮었다.

"저기 좀 봐라, 용이다!"

"용이 하늘로 올라가고 있다!"

하인과 종자들이 먼 하늘을 가리키며 떠들어댔다.

두 사람이 바라보니 굵은 회오리바람이 소용돌이를 치며 하늘로 솟구쳐 올라가고 있었다.

"귀공은 용의 변화를 알고 있소?"

한동안 그 모습을 바라보고 있던 조조가 유비를 돌아다보며 물었다.

"아니, 잘 모릅니다."

"용은 커지거나 작아지거나 하오. 커졌을 때에는 구름을 부르고, 작아졌을 때에는 먼지 속에 몸을 감추오. 우주를 달려 돌아다니는가 싶으면 어느새 깊은 심연 속에 몸을 숨기니, 인간으로 말하자면 영웅에 해당되오. 귀공은 각지를 돌아다니며 여러 종류의 사람들을 만났을 텐데 지금의 세상에 영웅이라고 불릴 만한 인물은 누구라고 생각하오?"

"글쎄요, 전 도저히 짐작이 가질 않습니다."

"이름 정도는 소문으로 듣고 있지 않소?"

"그렇게 말씀하셔도 갑자기 생각이 나지 않습니다만……."

하고 유비는 대꾸했지만 조조가 날카로운 눈으로 뚫어질 듯이 응시하고 있었기 때문에 할 수 없이 이름을 얘기했다.

"회남(淮南)의 원술 같은 사람은 어떻겠습니까? 명문 출신에 군사도 많고 군량도 많이 비축하고 있는 모양입니다. 영웅이라고 불러도 좋을 것 같은 생각이 듭니다만……."

망매해갈(望梅解渴)
매실 이야기를 듣고 병사들이 입에 침이 돌아 갈증을 해소했다는 고사다. 「세설신어」에서는 이를 두고 조조를 속임수에 능했다고 평했으나 다른 출전에서는 순발력 있는 임기응변의 재치나 리더십으로 말하고 있다.

"그 자는 이미 과거에 얽매여 있는 인간이오. 내가 곧 잡아들일 것이오. 한심한 놈!"

조조는 코웃음을 쳤다.

"그렇다면 하북(河北＝황하의 이북 지역)의 원소는 어떻습니까? 명문 출신에다, 유능한 참모도 많이 거느리고 있다고 들었습니다."

"틀렸소, 아니오. 원소는 겉으로 멀쩡하지만 마음이 좁고 결단력이 없어, 중요할 때에 판단을 그르치는 인간이오. 도저히 영웅이라고는 할 수 없소."

"형주의 유표는 어떻습니까? 그 이름을 흠모하는 사람이 꽤나 많은 것 같습니다."

"유표는 이름뿐이지 알맹이가 없소. 멍텅구리오."

"지금 기세를 타고 있는 강동(江東＝장강의 하류 지역)의 손책이라면 영웅이라고 해도 괜찮지 않습니까?"

"손책 따위는 아직 주둥이가 노란 햇병아리에 지나지 않소. 죽은 아비 덕을 보는 셈이지. 영웅이라니? 가당치 않소."

조조는 비웃어 가며 유비가 거론하는 이름을 차례로 부정해 갔다.

"저로서는 더는 생각이 나지 않습니다."

마침내 유비가 할 말을 잊자 조조는 진지한 얼굴이 되었다.

"영웅이라는 것은 가슴에 큰 뜻을 품고 뱃속에 뛰어난 계책을 지니고, 우주를 감쌀 정도의 넓은 마음과 천지를 삼켜 버리는 기개를 가진 자를 말하는 것이오."

"글쎄요, 그런 사람이 세상에 있겠습니까?"

"있네."

조조는 엄지손가락을 세워 유비를 가리키고, 뒤이어 자신을 가리켰다.

"귀공과 나요."

유비는 '헉' 하고 숨을 몰아쉬고는 너무나 놀란 나머지 들고 있던 젓가락을 떨어뜨렸다. '속마음을 들켰구나' 하는 생각이 퍼뜩 들었던 것이다. 그때 돌연 천둥소리가 울리고 비가 마구 쏟아져 내렸다.

유비는 임기응변을 발휘하여 재빨리 양손으로 머리를 감싸고 웅크리고 있다가 천둥이 그치자 가까스로 바닥에 떨어진 젓가락을 집어들었다.

"뇌성벽력이 위엄을 떨치는 바람에 제가 그만 실수를 했습니다."

조조가 껄껄 웃었다.

"대장부도 뇌성벽력을 무서워하오?"

"공자께서도 뇌성벽력 소리를 들으시면 얼굴빛이 변하셨다고 하는데 저 같은 인물이 어찌 무섭지 않겠습니까?"

유비는 젓가락을 떨어뜨린 이유를 논어(論語)의 향당편에 나오는 공자의 말로 슬쩍 둘러댔다. 꾀 많은 조조도 유비의 이 말을 듣고 더 이상 캐묻지 않았다.

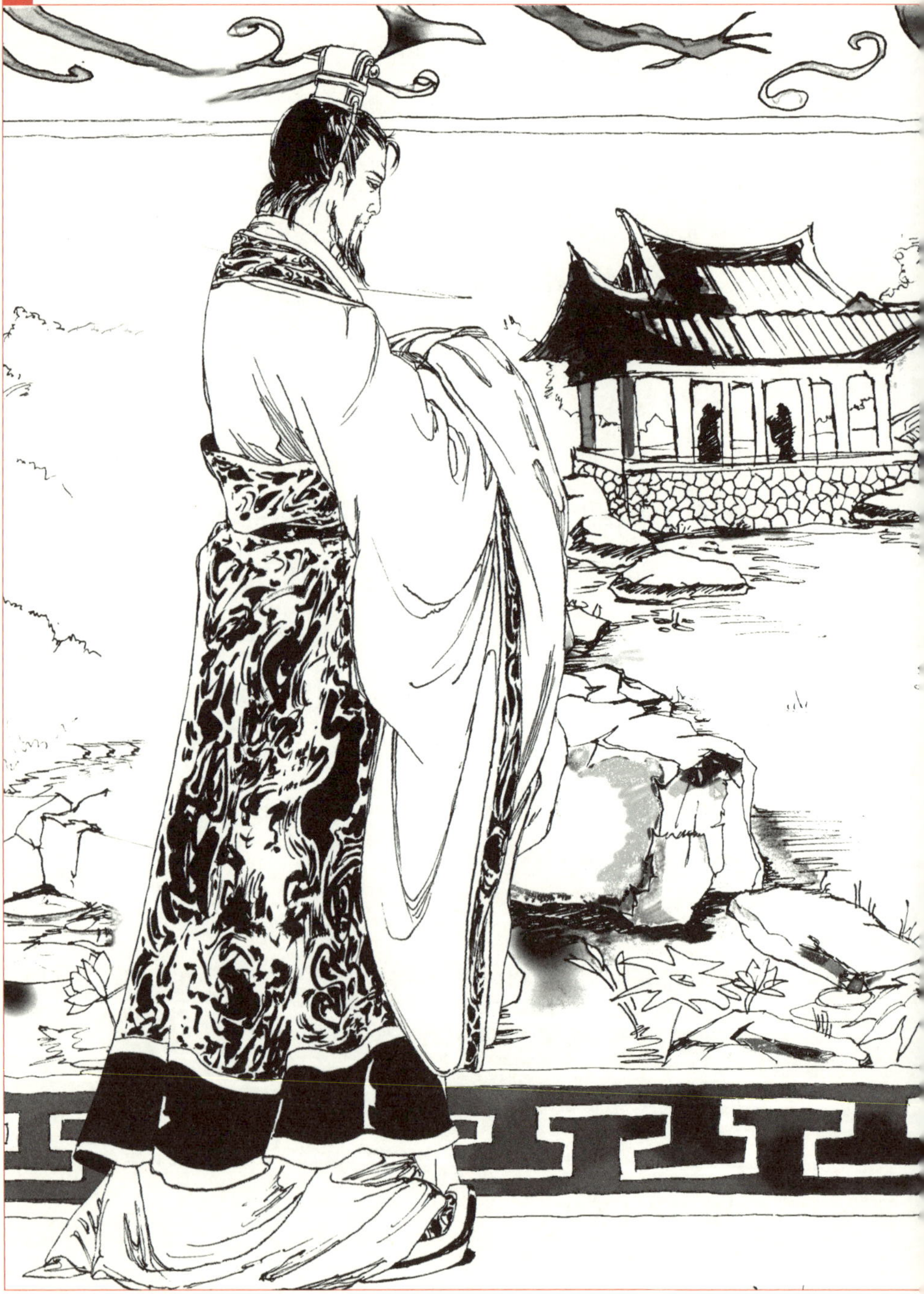

유비가 허도에 의탁해 있을 때 하루는 조조가 자기집 후원으로 초청하여 천하의 영웅에 대해 논했다. 이때
조조는 천하에는 영웅이 자신과 유비 두 사람뿐이라고 했다.

장비의 꾀

1

천둥소리에 놀라는 모습을 본 조조는 유비에 대한 의심과 염려를 씻어 버렸다.

'유비를 영웅이라고 생각한 것은 나의 착각이었다. 저래서는 나에게 대항할 기백이 부족하지 않은가 말이다.'

마음을 놓은 조조는 그 뒤에 편안한 마음으로 유비를 자주 불러 얘기 상대를 하곤 했다.

유비도 얌전한 개처럼 조조의 비위를 맞추고, 한가할 때에는 변함없이 농사일에 땀을 흘렸다.

그날도 유비는 조조의 부름을 받고 찾아가 이야기 상대를 하며 술을 마시고 있었다. 때마침 각 지방의 상황을 탐색하러 갔던 만총(滿寵)이 돌아왔다는 보고가 들어왔다.

조조는 즉시 만총을 불러다가 유비를 곁에 두고 사정 이야기를 들었다.

"원소가 마침내 공손찬을 멸망시켰습니다."

하고 만총이 보고했다.

"원소와 싸움에서 빈번히 패하자 그는 자기 성안에 틀어박혀 나오지 않았습니다. 그러자, 원소의 병사들이 성벽 밑으로 지하도를 파 성안으로 쳐들어가 불을 질렀습니다. 그 때문에 공손찬은 더 이상 버티지 못하고 가족을 모두 죽인 다음 자신도 목을 찌르고 죽었습니다."

조조 곁에서 이 말을 들으며 유비는 말할 수 없이 슬펐다.

공손찬은 어릴 때 동문수학한 선배이자 동탁 토벌군이 일어났을 때 자신들을 거두어 주었던 은인과도 같은 존재였다. 또한 공손찬의 휘하에 있던 조운은 어떻게 되었는지 염려가 되었다.

만총이 계속 보고했다.

"원소는 이제 기주, 청주, 유주, 병주의 4개 주를 지배하고, 100만의 병력을 거느리는 대단한 세력이 되었습니다. 한편, 동생 원술은 오만하기 짝이 없으며, 지나치게 사치스러워서 병사나 민중들에게 인망을 잃고 세력이 크게 쇠퇴했습니다. 그래서 원술은 전국 옥새를 원소에게 물려주고자 회남에서 하북으로 옮기려고 하고 있습니다."

"원소와 원술이 힘을 합친다면 골치 아프게 되겠군."

조조가 씁쓸한 표정을 지었다. 이때 유비가 재빨리 끼어들었다.

"조장군님, 부탁 하나가 있습니다."

기회를 놓치지 않아야겠다고 유비는 단단히 마음먹었다.

"원술이 원소를 의지하러 가려면 서주를 지나갈 것이 틀림없습니다. 서주 땅은 제가 손바닥 보듯 잘 알고 있습니다. 그래서 약간의 병력만 주신다면 제가 도중에 차단하여 원술을 잡아서 죽여 버리겠습니다."

"하하하하, 귀공치고는 대단한 용기 아닌가? 그리고 서주 땅은 그대가 잘 아니, 좋소, 군사를 내주겠소."

조조는 웃으며 허락하였고, 이튿날이 되자 유비를 불러 두 사람의 대장과 3만 명의 병사를 붙여주었다.

유비는 즉시 궁중으로 들어가 황제에게 하직 인사를 드렸다. 그리고 서둘러 출진 준비를 갖추어 그날 오후 병력을 이끌고 허도를 떠났다.

참으로 잽싼 행동이었다. 한편, 이것을 알게 된 동승은 놀라 성 밖까지 쫓아와 유비에게 안타깝게 물었다.

"황숙님, 어찌된 일입니까?"

"조조를 치는 데에는 아직 기회가 무르익지 않았소이다. 좋은 기회를 기다립시다. 기회가 찾아오면 어느 곳에 있든지 반드시 조조를 치기 위한 군사를 일으킬 테니 기다려 주시오."

유비는 동승을 타일러 작별을 고하고 계속 걸음을 재촉했다.

"형님, 어째서 이렇게 서두르는 것입니까?"

"쫓아오는 자가 아무도 없습니다."

관우와 장비가 이상히 여겨 물었다.

"허도에 있는 동안에는 마치 호랑이 굴속에 들어 앉아 있는 것 같아 잠시도 마음을 놓을 수가 없었네. 조조는 의심이 많으니까 조금이라도 속마음을 보인다면 즉각 내 목을 벨 터이고……. 그래서 농사일을 하거나 일부러 천둥소리를 무서워하여 조조를 방심하게 만든 것이라네. 지금 이렇게 조조 밑을 떠났으니 겨우 안심할 수가 있네."

유비는 비로소 밝은 표정으로 말하고 크게 숨을 들이쉬었다.

유비가 떠난 그날 늦게, 황하 유역의 시찰을 나갔다가 돌아온 정욱과 곽가는 교대로 조조에게 잔소리를 해댔다.

"유비에게 병사를 주어 서주로 보낸 것은 용을 바다에 풀어놓고, 호랑이를 산으로 돌려 보낸 것과 같습니다. 어째서 그런 일을 하신 것입니까?"

"유비는 결코 겁쟁이가 아닙니다. 농사일을 하는 것도, 천둥소리에 놀란 것도 장군님을 방심시키기 위한 잔꾀일 것입니다. 이대로 내버려 두면 절대로 안 됩니다."

두 참모의 말을 듣자 불안해진 조조는 허저에게 병사를 이끌고 쫓아가 유비를 데려오라고 명했다.

허저는 즉시 명령대로 달려갔으나 빈 손으로 돌아왔다.

"유비를 쫓아가 명을 전하고 즉각 허도로 돌아가자고 말했습니다. 그랬더니 '나는 이미 조장군님의 허락을 받았다. 그럼에도 불구하고 돌아오라고 하는 것은 아마도 정욱이나 곽가가 허튼 말로 나를 모략했기 때문일 것이다. 그 두 사람은 나에게 종종 뇌물을 요구하다가 거절당한 것에 앙심을 품고 나에 대해 나쁘게 말하고 있는 것이다' 라고 하면서 꼭 원술을 죽이겠다고 다짐하기에 그냥 돌아왔습니다."

조조는 즉시 정욱과 곽가를 불러다가 꾸짖었다.

"너희들은 유비에게 뇌물을 요구했다가 거절당한 것을 분하게 여겨, 나에게 유비를 데리고 오라고 권했던 것 아니냐?"

"당치도 않으신 말씀이십니다. 유비가 우리를 모함하는 이유를 장군님은 정말 모르시겠습니까?"

"이것은 유비가 장군님을 속이고 허도로 돌아오지 않으려는 속셈이라는 증거입니다."

정욱과 곽가의 설명을 듣고서야 조조도 유비에게 속았다는 것을 확실하게 깨달았다. 그러나 이미 엎질러진 물이나 다름 없는 일이었다.

"알았다. 그대들에게는 죄가 없다."

쓴웃음을 지으며 두 사람을 물러가게 했지만, 조조의 마음속에서는 유비에게 속았다는 분노가 끓어 올랐다. 유비에게 방심을 하고 있었기 때문에 그의 분노는 더욱 컸다.

2

한편, 서주에 도착한 유비는 하비성을 지키고 있던 군정관 차주
(車冑)와 가신인 미축, 손건, 간옹 등의 마중을 받았다. 오래간만
에 가족과 즐거운 시간도 가졌다.

얼마 후, 원술이 군사를 이끌고 원소 진영으로 가기 위해 서주
가까이 오고 있다는 통보가 들어왔다.

만총이 보고한 대로 기세가 꺾인 원술은 전국옥새를 쥐고 수춘을
떠나 원소에게 의탁하려고 북상하고 있었다.

유비는 조조가 붙여 준 두 명의 대장과 함께 관우, 장비를 데리
고 원술에 맞서 싸웠다. 장비가 선봉인 기령을 베고, 관우가 맹렬하
게 공격을 가하여 원술군을 무찔렀다.

패배한 원술은 수춘으로 되돌아가려고 했으나 도중에 많은 병사
들이 도망을 치고, 또한 산적의 습격까지 받아 의류와 식량을 모조
리 빼앗겼다. 먹을 것이 없어지자 원술을 따르고 있던 병사들의 상
당수가 굶어 죽었다.

원술 자신도 몸이 쇠약해져 딱딱한 음식은 목구멍을 넘어가지 않
게 되었다.

꿀물을 한 잔 가져오도록 주방장에게 명하자,

"그런 것은 없습니다."

하고 코웃음까지 쳤다. 오히려 주방일을 보던 하급 관리는,

"핏물이라면 있습니다만……." *

하고 원술을 빤히 쳐다보는 것이었다.

아무리 몰락했다고 하지만 황제를 칭했던 원술이다. 그로서는 도저히 감당하기 어려운 처참한 기분이었다.

'이것들마저 나를 깔보다니…….'

이런 생각이 들자 원술은 피가 솟구쳐 '아앗' 하고 한마디 외치더니 의자에서 굴러 떨어져 '왈칵' 피를 토하고는 죽고 말았다. 건안 4년(199년) 6월의 일이었다.

유비는 원술이 죽었다는 소식을 전해 듣자 이 사실을 조정과 조조에게 보고하기 위해 조조가 보낸 두 장수에게,

"그동안 수고가 많았네. 조장군님에게 고맙다고 전해 주게."

하면서 받은 병력은 자신이 계속 거느리고, 편지 두 통을 들려 허도로 올려 보냈다.

허도에서 돌아온 두 대장으로부터 보고를 받은 조조는 더욱 격노했다.

"네 이놈, 유비. 언제까지 나를 바보 취급할 생각이냐! 이놈을 어떻게 처치해 줄까?"

"차주에게 명하여 죽이는 것이 좋을 것입니다."

순욱이 기회는 이때라는 듯이 말했다.

"좋다, 이 야비한 귀 큰 거짓말쟁이 녀석. 혼내주겠다!"

조조는 순욱의 권유에 따라 은밀히 서주의 군정관 차주에게 사람

을 보내 유비를 기습하여 죽이도록 명했다.

명령을 받은 군정관 차주는 진등을 불렀다.

진등은 여포 토벌에 힘쓴 공적으로 관위를 받아 조정의 신하가 되었고, 서주에 머물며 차주를 돕고 있었다.

무슨 일인가 하고 궁금해 하며 진등이 차주에게 가자,

"실은 조장군님으로부터 유비를 기습하여 죽이라는 명령을 받았네. 어떻게 하면 좋겠나?"

하고 뜻하지 않은 의논을 하는 것이었다.

"그렇게 어려운 일은 아닙니다."

내심 경악을 숨기고 진등은 선선히 대답했다.

"지금 유비는 관우와 장비를 데리고 성 밖에 나가 있으니 군정관님은 성문에 병력을 숨기고 있다가 유비가 돌아오는 것을 마중하는 척하면서 쳐죽이는 것입니다. 저는 성안에서 화살을 쏴 유비의 일행을 처치하겠습니다."

"과연. 그렇게 하면 유비를 간단히 죽일 수가 있겠군."

기뻐한 차주는 즉시 준비를 갖추었다.

한편, 진등은 유비에게 이 일을 알리기 위해 급히 달려갔다. 도

지유혈수 안재밀수(只有血水 安在蜜水)

'다만 핏물이 있을 뿐 꿀물이 어디 있단 말입니까?' 황제를 참칭하며 온갖 사치를 누리다가 몰락한 원술이 북방의 맹주로 군림하는 사촌형 원소를 찾아가다가 유비의 공격을 받고 다시 수춘으로 돌아오는 도중, 밥이 잘 넘어가지 않아 요리사에게 꿀물 한잔 달라고 했다가 이 말을 듣고 피를 한 말이나 토하고 죽었다.

중에 먼저 돌아오던 관우와 장비를 만났다. 진등은 그들에게 차주의 흉계를 전했다.

"뭐라고, 차주가 형님을 죽이려고 한다고? 좋다, 그렇다면 지금 당장 쳐들어가 차주 놈부터 죽여야지!"

장비는 씩씩거리며 달려가려고 했다. 하지만 관우가 말렸다.

"기다려라. 잘못 갔다가는 오히려 우리가 당하고 만다. 날이 어두워진 다음에 움직이는 것이 좋겠다."

그날 밤, 관우와 장비는 병사를 이끌고 어둠을 틈타 성문으로 육박했다. 그리고 외쳐대기 시작했다.

"우리들은 허도에서 파견되어 온 군사다. 어서 빨리 문을 열어라!"

"차주 군정관님께 급한 명령을 가져왔다. 빨리 안내해라!"

차주는 서둘러 도개교(跳開橋＝성곽 등에 평소에는 매달아 두었다가 유사시에만 내려 걸치는 다리)를 내리고 마중하러 나왔다. 그러자 어둠 속에서 맹렬하게 달려오는 자가 있었다.

"앗, 너는!"

차주의 놀란 소리가 채 끝나기도 전에 관우의 청룡언월도가 그 목을 베었다.

관우와 장비는 진등의 도움을 받아 하비성을 완전히 장악했다. 한참만에 돌아온 유비는 자초지종을 듣고 놀랐다.

"차주를 죽인 이상 조조가 이대로 끝내지는 않을 것이다. 조조는 곧 서주로 쳐들어올 것이 틀림없다."

"조조에게 대항할 수 있는 세력은 원소밖에 없습니다. 원소에게 도움을 청하는 것이 어떻겠습니까?"

하고 진등이 권했다.

"그러나 나는 그의 동생 원술을 격파하여 그가 죽는 데 일조했다. 그러니 원소가 내 부탁을 들어 줄 리가 없다."

"안심하십시오. 저에게 따로 생각해 둔 바가 있습니다."

진등은 자신만만하게 소리쳤다.

진등의 계책에 따라 원소에게 보내는 사자로 손건이 발탁되었다. 손건은 원소의 본거지 기주의 업성으로 달려가 원소에게 유비의 편지를 우선 내밀었다.

"뭐라고? 조조를 치기 위해 나에게 힘을 빌려 달라고? 내 동생을 죽게 만들어 놓고 이제와서 뻔뻔스러운 부탁을 하다니!"

유비의 편지를 읽은 원소는 눈썹을 잔뜩 치켜올리고 손건을 노려보았다.

그러나 손건은 두려워하지 않고 다시 한 통의 편지를 내밀었다.

"부디 이 편지도 한번 읽어봐 주십시오."

그것은 원씨 집안과 3대에 걸쳐 교분이 깊은 정현(鄭玄)이라는 학자가 써준 편지였다. 그 편지에는 천하를 위해 유현덕에게 힘을 빌려주면 좋겠다고 적혀 있었다.

'흠, 정현님께서 이렇게 권하고 있는 이상 무턱대고 거절할 수도

없군.'

원소의 얼굴색이 다소 부드러워졌다.

"참모들과 의논을 해볼 테니 잠깐 기다리도록 하라."

손건은 '휴우' 하고 가슴을 쓸어내렸다.

진등이 좋은 방법이 있다고 내놓은 계책이 바로 이것이었다.

유비가 서주의 교외에 살고 있는 정현(유비가 탁군에 있을 때 스승으로 섬긴 학자)을 찾아가 원소에게 보내는 편지를 한 통 써달라고 부탁했던 것이다. 정현은 기꺼이 원소에게 유비를 도와줘야 한다는 글을 써주었다.

원소 진영에서는 참모회의가 열렸다.

"지금은 유비에 대한 원한보다 천하의 일을 먼저 생각할 때이다. 지금 조조를 쳐야 하는가, 아니면 뒤로 미룰 것인가? 또는 쳐서는 안 되는가? 그대들의 생각은 어떠한가?"

참모들 가운데 심배와 곽도는 즉시 조조를 쳐야 한다고 주장했고, 전풍과 저수는 지금은 시기가 아니라고 반대하며 격렬한 논쟁이 벌어졌다.

원소는 망설였다. 그때 또 한 사람의 참모 허유(許攸)가 뒤늦게 달려왔다.

"허유, 그대의 생각을 들어 보자."

"조조를 쳐야 한다고 생각합니다."

하고 허유는 주장했다.

"좋다. 이것으로 정해졌다."

원소는 조조를 토벌하기로 결단을 내렸다.

즉시 10만 군사가 동원되었고, 업성의 남쪽에 있는 중요한 군사 거점 여양을 향해 출동했다.

한편, 원소가 출병했다는 것을 보고받은 허도의 조조는 우선 부하 유대와 왕충에게 5만 병력을 주어 서주로 향하게 했다.

"유대와 왕충으로는 역부족입니다. 유비를 이기는 것은 두 사람의 힘으로는 어렵다고 생각합니다."

정욱이 말하자, 조조는 웃으며,

"그것은 나도 잘 알고 있다. 유비는 견제하고만 있으면 된다."

하고 대답하고, 유대와 왕충을 향해서는,

"알겠는가? 그대들의 능력으로는 안 되는 일이다. 그러니 내 장군기를 걸어 놓기만 하고 경솔하게 움직이지 말라. 원소를 물리치면, 내가 직접 유비를 토벌하러 가겠다."

하고 명하고, 자신도 5만 대군을 이끌고 북쪽으로 향했다.

하지만 황하를 사이에 두고 양 진영에서는 군사를 내보내 격돌하는 일은 없었다. 원소 측은 보다 상황을 자세히 파악하려고 병력을 내보내지 않았고 조조 역시 맞서 싸우기보다는 견제하는 데 치중했던 것이다.

얼마가 지나자 조조는 조인(曹仁)에게 뒤를 맡기고 일단 허도로 돌아왔다.

한편, 유비는 조조의 장군기를 내세운 5만 병력이 서주를 향해 진격해 온다는 것을 알고 전 병력을 하비성으로 모으고 만반의 태세를 갖추었다.

그러나 조조군은 하비성에서 30여 리 정도 떨어진 곳에 영채를 세우고는 그대로 거기에 주저앉아 전혀 공격을 하지 않았다.

"아무래도 이상하다."

유비는 고개를 갸우뚱거렸다.

"조조의 장군기가 휘날리는 걸 보면 조조가 와있을 터인데, 어째서 공격을 해 오지 않을까? 누군가 가서 확인하고 올 사람 없는가?"

"내가 가겠습니다. 조조가 있으면 붙잡아 오겠습니다."

하고 장비가 나섰다.

"아니, 안 된다."

유비는 고개를 흔들었다.

장비는 뾰로통한 얼굴로 물러났다.

"제가 가겠습니다."

하고 관우가 앞으로 나왔다.

"그대가 가준다면 안심이다."

유비는 즉시 허락했다. 관우는 3천 명의 병사를 이끌고 성을 나갔다.

두터운 구름이 잔뜩 끼어 있고, 초겨울 하늘에서는 눈보라가 분

분하게 휘날렸다.

　관우의 군사는 우선 조조군의 영채 끝자락에 있는 작은 진지를 공격해 들어갔다.

　그곳은 의외로 부대장 왕충이 지키는 곳이었다. 관우는 적당히 싸우는 척하다가 일부러 도망치기 시작했다. 왕충이 뒤따라 오는 것을 보자, 그 틈을 노려 재빨리 왕충의 갑옷띠를 낚아채 말에서 끌어내렸다.

　왕충은 힘 한번 써보지 못하고 잡혔다. 관우는 그를 옆구리에 끼고 급히 후퇴했다. 조조군 본진이 움직이면 아무래도 중과부적이기 때문이었다.

3

　왕충은 새끼줄에 묶여 유비 앞으로 끌려나왔다.

"그대는 누구인가?"

유비는 왕충의 포승줄을 풀어주며 정중하게 물었다.

"저는 왕충이라고 하는 자입니다."

"조장군은 지금 어디 계신가?"

유비는 가능한 한 부드럽게 물었다.

"북쪽으로 가시면서 우리에게 장군기를 내려주셨습니다."

왕충은 고분고분하게 있는 그대로 대답했다.

"알았다. 그럼, 잠시 이곳에 머물러 있도록 하여라."

유비는 왕충을 하비성의 역관에 머물게 하면서 마치 손님처럼 대접하며 감시할 경비병을 여럿 보내 잘하라고 일렀다. 그리고 나서 유비는,

"조장군 깃발은 우리를 견제하려는 속임수였다. 그렇다면 이제 적장을 붙잡아야 할 텐데 나설 사람은 없는가?"

이 말을 듣고 관우는 '탁' 하고 손바닥을 마주 쳤다.

"역시 그랬군요. 형님은 조조와 싸우려는 것이 아니라 화해를 할 마음이 있었군요. 저도 그런 것 같아 일부러 왕충을 죽이지 않고 생포해 왔습니다."

"아우 말이 맞다. 난폭한 장비를 보내면 반드시 죽일 것 같아 그대를 보낸 것이다. 죽이지 않고 살려두면 조조와 화해할 때 많은 도움이 될 것이다."

"그렇다면 그렇다고 처음부터 얘기를 해줘야지요. 나도 무턱대고 상대를 죽이지는 않습니다."

불평을 하며 장비가 나섰다.

"이번에는 나를 보내 주십시오."

"절대로 상대를 죽여서는 안 된다."

유비는 간곡하게 주의를 준 다음에 3천 명의 병사를 주어 장비를 출진시켰다.

장비는 큰소리를 치면서 조조군의 진지로 향했다.

"젠장, 적장 녀석을 꼭 사로잡아 형님들의 코를 납작하게 만들어 줘야지."

그런데 조조군의 대장 유대는 왕충이 관우에게 사로잡혔으며, 다시 장비가 공격해 왔다는 것을 알자 영채문을 굳게 닫고 밖으로 나오려 하지 않았다.

"빨리 나오너라, 이 겁쟁이 녀석아! 방귀벌레 같은 놈아! 방귀를 뀌는 것도 잊어 버렸느냐!"

장비는 매일 조조군 영채 앞으로 가서 욕설을 퍼부었으나, 유대는 전혀 움직이려 하지 않았다.

순식간에 이틀, 사흘이 지나갔다. 다시 눈보라가 치기 시작했다. 날씨가 더 추워진 것이다. 장비는 초조했다.

"이렇게 되면 야습을 가할 수밖에 없다."

장비는 병사들에게 야습 준비를 명했다. 그리고 그때까지 시간을 보내기 위해 술을 마시기 시작했다.

처음 얼마 동안은 병사들과 농담을 하며 한잔씩 마시고 있었지만, 계속 마셔대고 있는 사이에 나쁜 버릇이 나왔다. 하찮은 일로 병사들 중 한 사람을 꾸짖고, 인정사정 볼 것 없이 두들겨 팼던 것이다.

그리고 나서,

"오늘 밤, 야습의 제물로 삼겠다."

하고 말하고는 진지의 기둥에 붙잡아 매어 놓았다.

장비는 술에 곯아 떨어져 잠이 들었다. 한참 뒤에, 몇 명의 병사가 묶여 있는 병사에게 달려갔다.

그리고는 뭐라고 속삭이더니 새끼줄을 풀어 주었다. 묶여 있던 병사는 몸을 질질 끌면서 진지 밖으로 도망쳐 그대로 곧장 조조군의 영채로 갔다.

그 병사는 오늘 밤 자정 무렵에 장비가 야습하려 한다는 것을 유대에게 고해 바쳤다.

"기다려라. 적의 함정일지도 모른다."

유대는 직접 그 병사를 심문했다.

"장비의 처사가 원망스러워 밀고하러 왔단 말이냐?"

"그렇습니다."

병사는 말하기도 힘든 것 같았다. 입은 잔뜩 부풀어 있었고, 한쪽 눈은 거의 감겨있다시피 했다.

또한 상반신을 벗겨 보니 가슴과 등에는 온통 시퍼런 멍자국투성이었다.

"이 정도의 상처를 일부러 낼 리는 없다."

하고 유대는 병사의 말을 믿었다. 야습의 허를 찌르기 위해 진지를 텅 비게 만들고, 전군을 밖에 매복시켰다.

그날 밤 자정 무렵이 되자 아니나 다를까, 장비의 군사가 야습을

가해 왔다.

"됐다. 적은 함정에 빠졌다!"

진지 밖에 매복하고 있던 유대의 군사들이 일제히 공격을 가하려고 나서는 순간, 등 뒤에서 '와아' 하는 함성이 일어나고 장비가 인솔하는 정예병들이 덤벼들었다.

모든 것은 유대를 진지 밖으로 유인하기 위한 장비의 계책이었던 것이다. 상을 주기로 약속하고 매를 맞는 역할을 할 병사를 미리 선발하여 유대의 진영으로 들어가게 한 것이 보기좋게 적중이 된 것이다.

허를 찔린 유대의 군사들은 사방으로 뿔뿔이 흩어져 도망쳤다. 뒤늦게 도망치려고 했던 유대는 장비에게 생포되어 새끼줄에 묶였다.

장비는 돌아와서 유비에게 자신만만한 목소리로 물었다.

"어떻습니까, 형님. 뭔가 하실 말씀이 없으십니까?"

"아니, 자네가 이 정도로 뛰어난 계책을 쓸 줄은 미처 몰랐네. 난폭한 성품이라고 말한 것을 취소하겠네."

유비가 환하게 웃으며 머리를 숙였다.

"그러나 형님이 그렇게 말씀하시지 않았으면 죽였을 겁니다."

하고 관우가 곁에 있다가 장비의 머리를 쥐어박자 장비는 커다란 입을 벌리고 흰 이빨을 드러내며 웃었다.

"아하하하. 그건 틀림없소."

유비는 유대를 묶은 새끼줄을 풀어 주었다. 그리고 성안으로 맞
아들여 왕충과 함께 정중히 대접하고,

"차주는 나를 죽이려고 했기 때문에 할 수 없이 죽인 것이오. 나
는 조장군님에 대하여 모반을 일으키려고는 조금도 생각하지 않소.
부디 잘 말씀해 주시오"

하고 부탁한 후 두 사람을 허도로 보내주었다.

결평의 독살계획

1

'방법이 없을까? 정말로……'

동승은 유비가 서주로 떠난 뒤, 마등까지 체류기간이 다 되어 영지로 돌아가야 했기 때문에 크게 낙담하고 있었다. 동지인 왕자복과 오자란 등과 여러모로 꾀를 내고 계획을 짜고는 있었지만 좋은 해결책이 떠오르지 않았다.

때마침 조조는 오랫동안 속을 썩이던 장수(張繡)를 항복시킨 참이었다.

지금까지 조조를 적대시하며 여러 차례나 곤경에 처하도록 만들었던 장수였지만 조조가 화친의 사자를 보내자,

"조조는 언젠가 천하를 손에 넣을 것입니다. 지금 고개를 숙여두는 쪽이 득입니다."

하고 권하는 가후의 의견을 받아들여 항복한 것이었다.

장수가 항복해 오자 조조의 위세는 더욱더 커졌다. 황제에게 인사를 올리지 않는 대신은 있어도 조조의 집무실에 얼굴을 내밀지 않는 자는 없을 정도였다.

이렇듯 나날이 더해가는 조조의 위세를 눈앞에 보면서 동승은 더욱 가슴이 꽉 막혔고, 급기야는 병에 걸려 드러눕고 말았다.

황제는 동승이 앓는다는 것을 알고 길평(吉平)이라는 어의(御醫 : 황제 전속 의사)를 동승의 집으로 보냈다.

길평은 열심히 온갖 약을 지어 주고 치료에 힘썼으나 동승의 상태는 전혀 호전되지 않았다. 이 병으로 죽을 정도로 심한 상태는 아니지만 동승은 머리가 짓누르듯 무겁고 기분은 가라앉아 우울하고, 밥도 잘 넘어가지 않는다고 호소했다.

"이 정도로 열심히 치료를 하는데도 병세가 좋아지지 않는 것은 좀 이상하다. 발병 원인은 무엇일까?"

길평은 이해가 안 된다는 듯 고개를 갸우뚱거렸다.

어느 날의 일이다. 그날 길평은 궁중에서 일이 바빠 동승의 집에 약속시간보다 조금 늦게 도착했는데 마침 밤잠을 못 잤는지 동승이 침대에 걸터앉아 꾸벅꾸벅 졸고 있었다. 길평은 곁에서 동승이 깨기를 기다렸다. 그때 동승은 조조와 칼을 휘두르며 싸우는 꿈을 꾸고 있었다.

"역적 조조 이놈!, 이제는 도망칠 곳도 없다. 각오해라!"

동승이 칼을 휘둘러 조조의 목을 베었다. 조조는 피를 뿜으며 쓰러졌고 그 목은 천정까지 날아올라 갔다.

"드디어 성공했구나!"

동승은 환호를 지르다가 퍼뜩 잠이 깼다. 깨어난 동승은 주위를 둘러보았다. 그곳은 자신의 방이었다.

길평이 자신을 바라보고 있었다.

"아무래도 꿈을 꾸신 것 같습니다."

"그 꿈 속에서 외치신 소리를 듣고 귀공의 발병 원인을 알았습니다."

몹시 낙망한 얼굴을 하고 있는 동승에게 길평이,

안타까운 표정을 지으며 말했다.

"내 병의 원인을?"

"그렇습니다. 조조지요? 조조를 치려고 하지만 뜻대로 되지 않고, 그래서 병이 된 것 아닙니까?"

동승의 얼굴에서 핏기가 싹 가셨다.

"안심하십시오. 제가 도움이 되는 일이 있다면 무엇이든지 말씀해 주십시오. 목숨을 걸고 성취해 드리겠습니다."

"무슨 말을 하는 거요? 그게 참말이오?"

"물론입니다. 저는 생명을 살리는 의사이기는 하지만, 한조의 녹을 먹는 신하로서 조조를 죽여야 한다면 기꺼이 나설 수 있습니다."

길평은 손가락을 깨물며 맹세했다.

동승은 그제서야 밀칙을 꺼내 길평에게 보여 주면서 사실을 털어

놓았다.

"유황숙님도 떠나고 마등장군님마저 떠나 버렸기 때문이오. 우리들의 힘만으로는 어떻게 해볼 방도가 전혀 없소."

"조조를 죽이는 데 무기나 병사는 필요 없습니다."

길평은 빙긋이 웃었다.

"그것은 또 무슨 말이오?"

"조조는 두통에 시달리고 있어서 머리가 아플 때에는 저를 불러 약탕을 끓이게 합니다. 그때 독을 넣어 먹이면 흔적도 안 남고 간단히 처치할 수 있습니다."

"그렇게 하면 그대의 목숨이 온전하지 못할 텐데……."

"조조만 죽일 수 있다면 제 한 목숨 즐겁게 바치겠습니다."

동승은 눈을 반짝이며 길평의 손을 꽉 움켜 잡았다.

이날부터 동승의 병은 씻은 듯이 사라졌다.

이제 좋은 소식을 기다리기만 하면 되었으니 동승은 하늘이라도 오른 기분이었다.

그런데 의외의 일이 생겼다. 동승의 집에서 잔심부름을 하고 있는 진경동이라는 하인이 돈을 훔쳤다. 동승은 몽둥이로 다스리고 나서 헛간에 가두었다. 이것을 원망한 진경동은 자물쇠를 부수고 담을 뛰어넘어 도망쳤는데 조조의 부중으로 찾아가 은밀히 알려드릴 것이 있다며 미주알고주알 일러바친 것이다.

"저의 주인 동승은 왕자복, 오자란과 자주 만나 무엇인가 수군거

리곤 했습니다. 역적을 어떻게 하자든가, 조조 놈이라고 말하는 것을 들었는데, 아무래도 뭔가 좋지 않은 일을 꾸미고 있는 것 같았습니다. 또 얼마 전에는 어의인 길평과 수군수군 얘기를 나누고 있었는데, '독을…' 어쩌고 하는 말이 들렸습니다."

진경동은 의외로 많은 것을 토해냈다. 동승의 비밀을 알아내 돈을 뜯어내려고 평소부터 몰래 엿듣고 있었던 것이다.

조조는 잠자코 들었다. 얼굴색이 달라지지는 않았으나 가늘고 날카로운 눈이 더욱 작아지고, 입 가장자리가 일그러졌다.

'그랬었구나. 이놈들!'

눈치 빠른 조조는 어느새 사건의 전모를 눈치채게 되었다.

다음 날, 길평의 집에 조조로부터 급히 오라는 연락이 왔다. 두통이 심하니까 서둘러 오라는 것이었다.

'잘 됐다. 역적 놈, 너는 이제 끝장이다.'

길평은 득의의 미소를 지었다. 감춰두었던 독약을 약상자에 넣어 조조의 저택으로 달려갔다.

조조는 몹시 아픈 듯 자리에 누워 길평을 기다리고 있었다.

"머리가 아파 견딜 수가 없다. 빨리 약을 지어 주게."

"알겠습니다."

길평은 방구석으로 가서 약탕 그릇에 약을 넣고 다렸다. 절반쯤 약탕이 끓었을 때 약 상자에서 독약을 꺼냈다.

"무엇을 하고 있느냐?"

조조가 물었다. 길평은 깜짝 놀라 하마터면 독약을 떨어뜨릴 뻔했다.

"최근에 구한 보약을 더하면 효과가 빨리 옵니다."

"그런가? 서둘러라."

"이제 곧 됩니다."

길평은 가슴을 쓸어내리고 독약을 약탕 그릇에 흘려 넣었다. 약간의 시간이 지난 후 길평은 약탕 그릇을 조조 앞으로 가져갔다.

"다 되었습니다. 뜨거운 동안에 훌훌 마시고 땀을 내시면 말끔히 나으실 것입니다."

조조는 웃으며 자리에서 일어났다.

"네 말이 맞다. 죽어 버리면 두통으로 시달리는 일이 없을 테니 말이다."

일이 탄로가 났음을 깨달은 길평은 다짜고짜 달려들어 조조의 머리를 붙잡고 독약을 입 안으로 흘려 넣으려고 했다.

"무슨 짓을 하는 거냐?"

조조가 그 손을 뿌리쳤다. 약탕기가 떨어져 깨지고 독약이 쏟아져 바닥에 흘렀다.

그때 조조의 경호병들이 달려와 길평을 붙잡았다.

"머리가 아프다고 한 것은 너를 시험해 본 것이다."

조조는 길평을 뒤뜰로 끌고 나가게 했다.

"나를 독살하려는 엄청난 짓을 네 놈 혼자 꾸몄을 리가 없다. 누구한테 지시를 받고 부탁을 받았느냐? 어서 실토해라!"

"너를 죽이고 싶어하는 사람이 천하에 헤아릴 수 없이 많다. 모르고 있는 것은 너 뿐이다."

"이 돌팔이 의사 놈아, 실토하지 않으면 용서하지 않겠다."

"마음대로 해라. 너를 죽이는 데 실패한 이상 깨끗이 죽겠다."

"의인인 척하려는 모양인데 어림도 없다."

조조는 길평에게 고문을 가하도록 명했다.

길평은 몽둥이로 심하게 두들겨 맞았다. 피부가 찢기고 뼈가 부러졌다. 온몸이 그야말로 피투성이가 되었다. 기절을 하면 물을 퍼붓고, 정신을 차리면 다시 때리기 시작했다. 그러기를 여러 차례 되풀이해 고문은 몇 시간이나 계속되었다. 그래도 길평은 입을 열려고 하지 않았다.

조조는 결국 길평이 죽을까봐 고문을 중지하고 감옥에 집어넣었다.

2

'동승, 그 놈이 분명해!'

이튿날, 조조는 호위병을 갑절로 늘리고 길평을 숨겨서 동승의 저택으로 갔다.

"요즘 아프다고 하기에 병문안을 왔네. 몸은 좀 어떤가?"

마중 나온 동승에게 조조는 시치미를 떼고 물었다.

"조금은 좋아졌으나 아직도 몸이 휘청거립니다."

조조의 얼굴색을 엿보며 동승이 대답했다.

"그런데, 혹시 길평이란 의사를 알고 있는가?"

"아니, 잘 모릅니다."

동승의 등줄기가 서늘해졌다.

"후후후, 모를 리가 없을 텐데?"

조조는 싱긋이 웃더니 표정을 바꿔 좌우에 명령했다.

"길평을 데리고 와서 동승님의 병부터 고쳐 드려라!"

곧 병사들이 피투성이가 된 길평을 끌고 왔다.

"이놈, 조조야. 언제까지 나를 괴롭힐 셈이냐? 빨리 죽여라!"

"이 놈이 나를 독살하려고 했다."

큰소리로 악을 쓰는 길평을 손가락으로 가리키면서 조조는 동승에게 물었다.

"누군가에게서 사주를 받은 것이 틀림없다. 동승님, 혹시 짐작가는 데가 없으신가?"

동승은 새파랗게 질린 얼굴로 그저 고개를 좌우로 저을 뿐이었다. 이번엔 조조가 길평에게 물었다.

"이제 그만 자백해라. 누구한테 부탁을 받은 것이냐?"

"아무도 없다. 하늘이 역적을 죽이도록 명했다."

"네 이놈, 아직도 따끔한 맛을 덜 보았구나!"

조조는 매를 치라고 명했으나 길평의 몸이 상처투성이라서 더는 때릴 곳이 없었다.

"네 손가락은 아홉 개 밖에 없는데, 어떻게 된 것이냐?"

"내 입으로 깨물어 역적을 죽이겠다고 맹세했기 때문이다."

조조는 부하에게 명령해서 나머지 아홉 개의 손가락도 모두 잘라 내게 했다.

그래도 길평은 기가 꺾이지 않았다.

"아직 혀가 있으니까 네 놈을 저주할 수가 있다!"

조조는 혀를 뽑으라고 명했다.

"잠깐 기다려다오. 혀를 뽑으면 곤란하다."

길평은 처음으로 당황했다.

"고백할 테니 새끼줄을 풀어다오."

조조는 길평을 묶었던 새끼줄을 풀어주게 했다. 그러자 길평은 온 힘을 다해 몸을 일으켜 멀리 궁궐 쪽을 향해 엎드려 절하고는,

"역적을 제거하지 못해 죄송합니다."

하고 말하자마자 돌계단으로 달려가 모서리에 머리를 부딪쳐 죽었다.

이것이 건안 5년(200년), 정월 중순의 일이었다.

"돌팔이 의사 놈이 죽어 버렸구나."

조조는 혀를 차고 시체를 치우게 하고 나서, 이번에는 진경동을

데려오게 했다.

"동승님, 설마 이자까지 모른다고는 하지 않으시겠지?"

동승은 진경동을 보자 입술을 깨물었다. 진경동이 도망친 것은 알고 있었지만 어딘가로 가버렸겠지 하고 행방조차 찾지 않았던 것이다.

"이자는 자네 집에서 도망을 쳐 내게 왔는데 자네가 왕자복, 오자란 같은 놈하고 은밀한 의논을 했다고 고하더군. 대체 무엇을 숨어서 의논했는가?"

"모, 모른다. 아니, 은밀한 의논 같은 것을 한 기억이 없다. 조장군은 어째서 이런 자가 하는 말을 믿는가?"

"실토하지 않겠단 말이지. 이 놈을 당장 포박하라!"

조조는 동승을 포박하게 하고 집 안을 샅샅이 수색하라고 명했다. 얼마 뒤에, 동승의 침소에서 밀칙이 적힌 흰 비단천과 동승으로부터 유비까지 서명한 연판장이 발견되었다.

"쥐새끼들이 무슨 일을 도모할 수 있겠나?"

조조는 비웃고 있었으나, 그 눈은 분노와 배신감으로 무섭게 불타고 있었다.

조조는 동승, 왕자복, 오자란, 충집, 오석 등 5명과 그 가족과 일족을 모조리 잡아다 참수시켰는데, 그 수는 700여 명에 이르렀다. 그야말로 피바람이 불었다. 그래도 조조의 화는 풀리지 않았다. 황제를 끌어 내리고 새로운 황제를 세우는 것도 생각해 보았으나,

주위 사람들의 만류로 그것은 취소했다. 그대신에 동승의 여동생인 동귀비를 잡아다 처형했다.

남은 것은 마등과 유비였는데, 마등은 서량으로 가 있었기 때문에 나중에 죽이기로 하고, 먼저 유비를 치려고 10만 대군을 일으켰다.

3

왕충과 유대를 허도로 되돌려 보낸 뒤, 유비는 관우에게 감부인과 미부인을 맡겨 하비성을 지키게 하고 자신은 장비와 함께 소패성으로 가 장차 공격해 올 조조에 대비하여 방비를 굳히고 있었다.

조조의 대군이 밀어 닥친다는 정보는 곧 전해졌다.

척후병은 관우에게 이것을 알리고, 소패성에 있는 유비에게도 보고했다.

"이렇게 된 이상 다시 한번 원소님의 힘을 빌릴 수밖에 없다."

유비는 출병을 부탁하는 편지를 써서 손건에게 주어 원소에게 보냈다.

그런데 이번엔 원소가 편지를 읽는 둥 마는 둥 하더니,

"다섯 명의 자식 가운데 내가 가장 귀여워하고 있는 막내아들이 중병으로 목숨이 위태롭다네. 지금은 그 아이의 일로 머리가 꽉 차

있어 다른 일은 아무것도 생각을 할 수가 없네. 그리고 싸운다는 것이 아무래도 마음이 안 내키네."

하고 출병을 거절했다. 그리고는,

"미안하네. 유비공에게 잘 말해 주게. 만일 서주를 잃게 되면 언제든지 사양하지 말고 기주로 와 달라고 말일세."

원소는 수척한 얼굴로 그렇게 덧붙였다.

손건은 아무런 보람도 없이 서주로 돌아왔다.

"원소님이 출병하지 않겠다고 하던가?"

유비는 절망을 느꼈다.

"이미 우리에겐 승산이 없다. 어떻게 하면 좋겠는가?"

"걱정할 것 없습니다, 형님."

유비의 무기력함을 질책하듯이 장비가 힘차게 소리쳤다.

"조조의 군사는 먼 거리를 행군해 오니 무척 지쳐있을 것입니다. 따라서 서주에 들어서면 영채를 세우고 휴식을 취할 것입니다. 그때 야습을 가한다면 우리가 틀림없이 이길 것입니다."

"자네가 자신하니까 무엇이든지 할 수 있을 것 같은 생각이 드는군."

유비는 쓴웃음을 지었다.

하지만 꾀를 써서 유대를 생포한 뒤로는 유비도 예전과 달리 장비를 얼마간 재평가하고 있었다.

"좋다. 자네의 작전대로 해보세."

하고 결단을 내리고 야습 준비를 갖추었다.

그날 밤, 손건에게 소패를 맡기고 유비와 장비는 오른쪽과 왼쪽, 두 방향으로 나뉘어 어둠을 이용해 조조의 진을 향해 전진해 갔다.

이보다 반나절 전의 일이었다.

조조의 병력이 서주 경계에 들어서서 영채를 세우려 했을 때, 갑자기 강한 바람이 불어오더니 대장기가 커다란 소리를 내면서 중간이 '뚝' 꺾어졌다.

"기다려라."

조조는 영채 세우는 일을 멈추게 하고 장수들을 불러 모았다.

"바람으로 대장기가 꺾였다. 이것은 불길한 징조인가? 아니면 이곳에 문제가 있는가? 무엇을 의미하는지 아는 사람은……."

"……."

모두들 서로 눈치를 보는데 순욱이 나서서 물었다.

"바람은 어느 쪽에서 불어 왔습니까? 또 부러진 깃발은 무슨 색깔이었습니까?"

"바람은 동남쪽에서 불어 왔고, 깃발의 색깔은 청색과 적색이다."

"그렇다면 오늘 밤, 적의 야습이 있다는 징표입니다."

"그러냐? 그야말로 하늘의 계시구나."

조조는 즉각 야습에 대한 준비를 하면서 동시에 공격준비도 했다. 전 군을 9개 부대로 나누어, 그 중 1개 부대는 소패성으로 진격하여 점령하도록 한 다음에 나머지 8개 부대는 복병으로 진지 주위에 매복시켰다.

"야습을 해 온다면 유비 놈의 근거지는 텅 비어 있을게 아닌가?"

"그렇습니다. 장군님의 용병술이야말로 옛날 손무*가 다시 나온다 해도 결코 뒤지지 않을 것입니다."

조조는 빙그레 웃었고 더 이상 말하지 않았다.

그런 줄도 모르고 장비는 쥐죽은 듯이 고요한 조조의 진을 향해 다가가 영채 앞에 이르자 일직선으로 공격해 들어갔다. 그러나 거기에는 몇 명의 병사밖에는 없었고, 장비를 보자 '걸음아 날 살려라' 하고 사방으로 흩어져 도망가 버렸다.

'이상하다. 조조의 본대는 어디 있단 말이냐?'

맥이 빠진 장비가 영채의 사방을 둘러보고 있으려니 돌연 사방에서 불길이 치솟아 오르고, 함성소리와 함께 장료, 허저, 우금, 이전, 서황, 악진과 같은 조조 휘하의 맹장들이 사방에서 공격해 들어왔다.

"젠장, 미리 알고 있었구나!"

장비는 입술을 깨물었다.

장팔사모를 팔랑개비처럼 휘둘러 몰려오는 적을 베고 찔러 죽이고, 자신도 부상을 입어 피투성이가 되면서 간신히 포위망을 뚫고 나왔다. 뒤를 돌아다보니 따라 오는 병사는 불과 몇 기밖에 없었다. '이제는 끝장이구나'라고 생각하면서 장비는 근처의 망탕산을 향해 도망쳤다.

유비도 장비와 비슷한 패전을 당하고 있었다.

조조의 본진 근처에 도착했을 때, 땅 속에서 솟구쳐 나온듯이 하후돈의 군사가 등뒤로부터 무섭게 공격해 오고, 하후연이 앞을 가로막으며 시살해 들어오니 순식간에 유비의 병사들은 궤멸되고 말았다. 유비는 정신없이 작은 언덕 위까지 도망쳤지만 뒤를 따르는 부하는 한 사람도 없었다. 주위를 둘러보니 소패성 쪽의 하늘이 새빨갛게 불타오르고, 장비가 쳐들어간 쪽은 조조의 대군으로 가득 차 있는데 사방에서 유비를 잡으라는 소리만 들려오고 있었다.

"드디어 나도 마지막이구나……."

각오를 정했을 때, 손건한테 들은 원소의 말이 문득 떠올랐다.

'아니, 이렇게 허무하게 죽을 수는 없다. 원소를 찾아가 재기를 도모하자.'

유비는 혼자 기주를 향해 북쪽으로 말을 달려갔다.

손무(孫武)

손자병법의 저자로 알려진 인물로 흔히 손자라고도 한다. 춘추시대 오왕 합려(闔閭)를 섬겨 초나라를 무찌른 명장이다. 일설에는 손무의 후손으로 전국시대 제(齊)에서 벼슬한 손빈(孫矉)이 손자병법을 지었다고 하기도 하지만 근래 산동성의 옛 무덤에서 손빈병법이 출토되었다.

관우의 세 가지 항복 조건

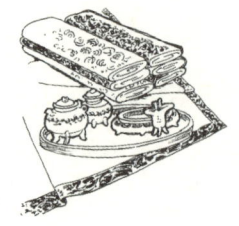

1

조조는 기습해 온 장비와 유비를 쳐부수고 소패성을 점령했다는 보고를 받자, 즉시 병력을 돌려 하비성 방향으로 육박해 갔다.

중간 수관을 지키던 미축이나 간옹 등은 조조군이 밀려오자 자신들의 힘으로 맞서 싸울 수 없다고 여겨 성을 버리고 도망쳤다. 조조는 본진을 수관에 설치했다. 이제 남아 있는 것은 관우가 지키는 하비성뿐이었다.

하비성 공격을 앞두고 조조는 장수들을 모아 놓고 의논했다.

"나는 전부터 관우의 무용과 성실한 인품이 마음에 들었다. 가능하다면 그를 항복시켜 우리 군에 합류시키고 싶다. 누구 좋은 계책이 없는가?"

장수들은 서로 얼굴을 마주보았다.

관우라고 하면, 얼마 전까지 천하제일의 무용을 뽐내던 여포에 비해 조금도 뒤떨어지지 않는 맹장이다. 게다가 여포와는 달리 신의를 중히 여기고, 일단 인연을 맺으면 결코 배신하지 않는 것으로도 널리 알려져 있었다.

'관우니까 항복보다는 오히려 필사적으로 싸우는 쪽을 택할 것이 분명하다.'

누구나 그렇게 여기고 있는데 장료가 일어섰다.

"저는 관우 덕분에 목숨을 구하고 장군님을 모시게 되었습니다. 그 은혜를 갚고 싶습니다. 부디 저에게 사자를 명해 주십시오."

장료는 원래 여포의 부하로 여포와 함께 붙잡혀 조조 앞에 끌려 나와 참수를 당할 뻔하였으나, 그의 성실함과 무용을 애석하게 여긴 관우가 조조에게 목숨을 살려 달라고 부탁을 했던 것이다.

"말만으로는 관우를 설득하는 것은 무리일 것입니다."

하고 정욱이 나서서 말했다.

"우선 항복한 서주의 병사들에게 포상을 약속하고, 도망쳐 돌아왔다고 거짓말을 하게 한 다음에 하비성으로 잠입시켜 나중에 내응하도록 해둡니다. 그 다음에 관우를 꾀어내 하비성으로부터 멀리 유인해 놓고, 성으로 돌아가는 길을 봉쇄합니다. 그렇게 만들어 놓고 항복을 권하면 가능할 것이라고 생각합니다."

"음, 그렇게 되면 관우도 어쩔 수 없이 항복할 것이 틀림없다."

조조는 크게 기뻐하며 정욱의 권유를 따랐다.

결과는 정욱이 예측한 대로 되었다.

관우는 조조가 보내온 서주 병사들을 아무런 의심 없이 성안으로 받아들였다. 다음 날, 하후돈이 싸움을 걸어와 격렬하게 싸우는 동안에 성에서 멀리 떨어지고 말았다. 되돌아오려고 했지만 서황과 허저에게 가로막혀 날이 저물 때까지 싸운 끝에, 마침내 작은 민둥산 꼭대기로 쫓겨 올라가고 말았다. 그러자 산자락을 조조의 대군이 완전히 포위해 버렸다.

관우가 산 위에서 바라보니 멀리 하비성에서 불길이 치솟아 오르고 있었다. 성안에 잠입시켜 둔 서주의 병사들이 성문을 열고 조조의 병력을 끌어들인 것이다.

'아뿔싸, 계략에 넘어갔구나!'

관우는 이를 악물고 병사들을 독려하여 몇 번이나 산을 내려가 포위망을 돌파하려고 시도했으나, 그때마다 비 오듯이 화살이 날아와 병사들만 쓰러지고 결국 산 위로 다시 쫓겨 올라 오고 말았다.

산 위에서 뜬눈으로 밤을 새운 관우는 이제 몇 명이라도 죽이고 자신도 죽을 각오를 하고 돌격을 감행하려고 준비를 갖췄다.

그때 혼자서 말을 타고 산으로 올라오는 적장이 있었다. 누군가 하고 살펴보니 장료였다.

산꼭대기까지 오자 장료는 허리의 검집을 빼던지고 말에서 내렸다.

"관공, 오래간만에 뵙습니다."

"장료인가? 무엇 때문에 왔소?"

관우는 경계심을 풀지 않고 장료의 움직임을 지켜보며 물었다.

"이전에는 관공이 제 목숨을 구해 주셨지만, 이번에는 제가 관공의 목숨을 구해 드리려고 찾아온 것입니다."

"그렇다면 나에게 항복을 권하러 온 것이군. 나는 지금부터 돌격을 감행하여 장부답게 싸우다가 죽을 결심이오. 헛된 짓 그만두고 그냥 돌아가는 것이 좋을 것이오."

"여기서 죽으면 관공은 무책임하고 불성실한 인물이라고 세상 사람들이 비웃을 것이 분명합니다."

장료는 껄껄 웃으며 관우를 바라보았다.

"내가 무책임하고 불성실하다고? 그것은 또 무슨 소리요?"

관우는 화를 내며 장료를 노려보았다.

장료는 웃음을 거두고 조용히 설명했다.

"이미 잘 알고 계시겠지만, 소패성과 수관은 함락되었습니다. 유비공과 아우분인 장비의 생사는 알 수가 없습니다. 또 하비성에 계시는 감부인과 미부인 두 분 모두 포로 신세가 되었지만, 다행히도 조장군의 명에 의해서 호위를 받고 있습니다."

"……."

"유비공이나 동생의 생사를 알 수 없는데 도원의 맹세를 저버리고 자기 혼자만 먼저 죽는 것, 유비공께서 관공을 신뢰하고 맡긴 두

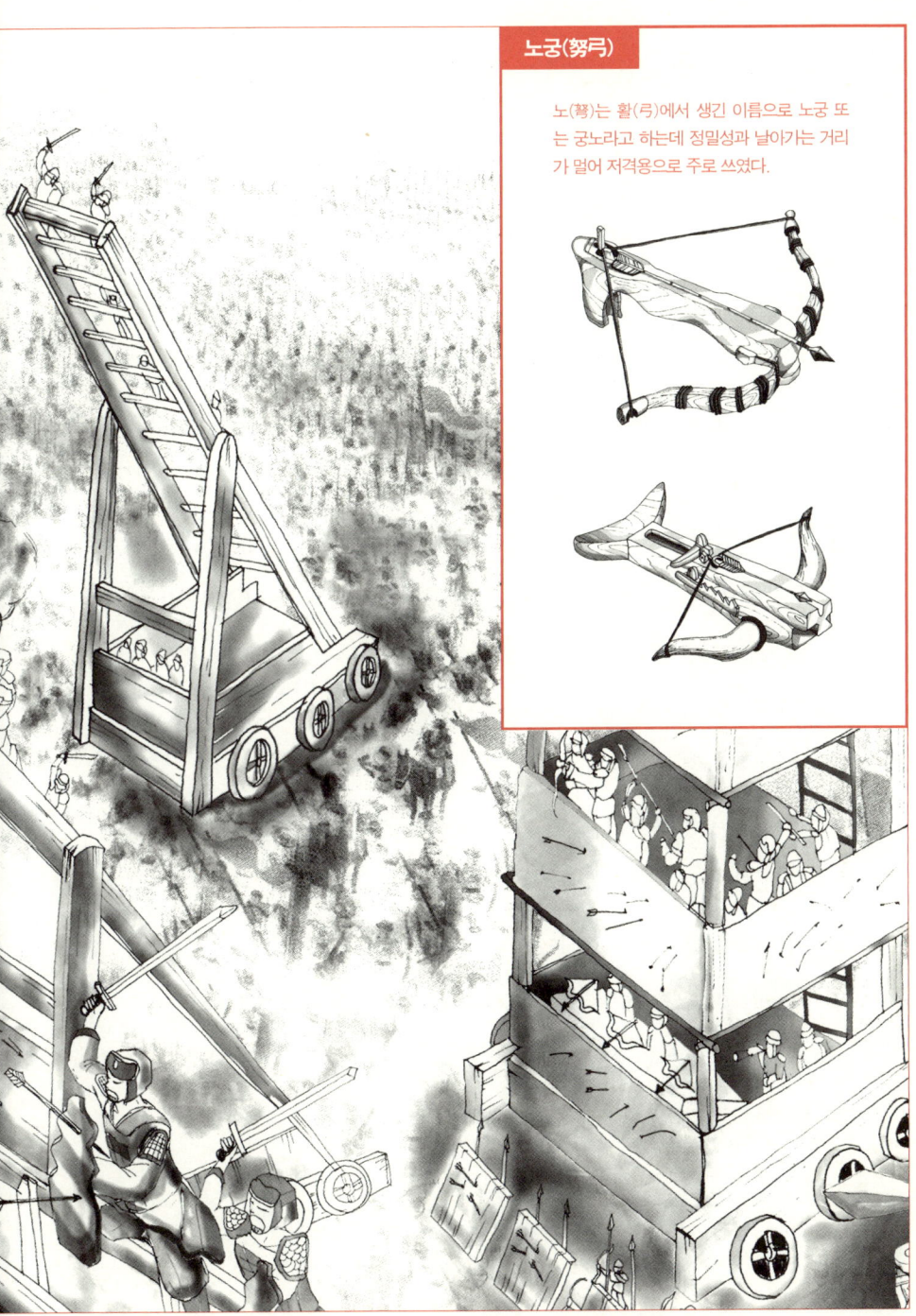

노(弩)는 활(弓)에서 생긴 이름으로 노궁 또
는 궁노라고 하는데 정밀성과 날아가는 거리
가 멀어 저격용으로 주로 쓰였다.

부인을 모른 체하는 것, 그리고 유비공과 함께 한왕조를 도와 백성들의 괴로움을 없애 주려고 하는 뜻을 잊고 목숨을 함부로 버리는 것. 이 모두가 무책임하고 불성실하다는 것입니다."

"……."

"여기서는 일단 조장군에게 항복하고 두 부인의 신변의 안전을 도모하고, 유비공의 행방을 찾으시는 것이 어떻겠습니까?"

관우는 머리를 떨어뜨리고 장료의 말을 듣고 있었다. 한참 있다가 가까스로 머리를 쳐들었다.

"그대가 말하는 것은 지당하다. 싸우다가 죽으려고 한 것은 나의 성급한 생각이었다. 하지만 조조가 세 가지 약속을 들어 준다면 깨끗이 항복을 하겠으나, 그렇지 않으면 결전을 하고 여기서 장렬히 죽겠다."

"세 가지 약속*이란……."

"그 하나는 내가 항복하는 대상이 한나라 조정에 대해서이지 결코 조조에 대해서는 아니라는 것. 둘째는 두 형수님의 생활을 넉넉히 뒷바라지해 줄 것. 셋째는 형님, 아니 황숙님의 행방을 알게 된다면 아무리 멀리 떨어져 있더라도 즉각 달려간다는 것."

여기서 일단 말을 끊고, 관우는 길게 찢어진 눈을 번뜩거리며 장료를 똑바로 보았다.

"알았소이다. 조장군의 대답을 들어보고 오겠습니다."

장료는 산을 내려가 조조에게 관우의 말을 전했다.

'나는 허도 조정의 최고 권력자다. 그러니 한나라에 항복하는 것은 곧 내게 항복하는 것과 마찬가지다. 두 부인의 뒷바라지는 별로 어렵지 않은 일. 하지만……'

조조는 이렇게 머리를 굴리면서 두 가지 약속은 받아들일 마음이 있었지만 세 번째가 마음에 걸렸다.

'유비의 행방을 알게 되는 즉시 나에게서 떠난다면, 무엇 때문에 항복을 받아들이는 것인가?'

자기 휘하에 두고 써먹기 위해 항복하라고 하는 것인데 말이다. 조조는 세 번째 약속에 대해서는 받아들일 수 없었다. 그래서 받아들일 수 없다고 말하려는데 이를 헤아린 장료가 조조의 뜻을 눈치채고 간곡히 말했다.

"장군님께서 유비 이상으로 관우에게 은혜를 베푸시어 그 마음을 사로잡는다면, 관우도 유비를 떠나 장군님을 따를 것이 틀림없습니다."

결국 조조는 납득을 하고 세 가지의 약속을 받아들였다.

장료가 다시 산으로 올라가 조조의 허락을 전하자, 관우는 산에서 내려 왔다. 조조는 흡족한 표정으로 관우를 맞이했다.

관공삼약(關公三約)

관우가 하비에서 조조에게 투항하면서 내세운 세 가지 조건을 말한다. 그것은 '첫째, 자신은 한나라 조정에 투항하는 것이다. 둘째, 감부인과 미부인에게 황숙 부인의 예에 해당하는 봉록을 주고, 예우를 한다. 셋째, 유비가 어디 있는지 알게 되면 언제든지 떠날 수 있다.'로 관우의 충성과 의리를 잘 드러내고 있다.

"분에 넘치는 약속을 받아들여 주셔서 감사합니다."

관우는 말에서 내려 무릎을 꿇었다.

"아니오. 관공의 충의에 감탄했소. 내가 생각했던 이상의 결심이었소."

조조는 항복 조건이 관우답다고 여겨 흡족히 여긴 것이다.

다음 날, 조조는 하비성과 소패성에 각각 수비대를 남긴 후 허도로 철수했다.

관우는 두 형수를 수레에 태우고 자신이 그 옆을 지키며 조조의 뒤를 따랐다.

허도에 도착하자 조조는 관우에게 커다란 저택을 주었다. 관우는 그 저택을 나누어, 안쪽에서 두 형수를 살게 하여 10명의 병사들에게 경호를 하도록 하게 하고 자신은 허름한 바깥쪽에서 기거했다.

2

조조는 그때부터 관우의 마음을 사로잡기 위해 정성을 다해 열심히 호의를 베풀기 시작했다.

사흘이 멀다 하고 연회를 열어 대접하고 값비싸고 아름다운 비단 옷이나 금은으로 만든 그릇을 보내거나, 신변의 시중을 들라고 10명의 미녀를 보내기도 했다.

하지만 관우는 모든 것을 두 형수에게 맡기고 자신은 아무것도 받으려고 하지 않았다.

그러나 조조는 더욱 관우에게 신경을 썼다.

어느 날, 조조는 관우가 입고 있는 전포(戰袍＝싸움할 때 갑옷 위에 입는 덧옷)가 낡은 것을 보고 비단으로 짠 화려한 전포를 지어 보냈다.

그런데 며칠 뒤, 관우는 조조가 보낸 새 전포는 안에 받쳐 입고, 위에는 여전히 낡은 전포를 입고 있었다.

"관공이 이렇듯 철저한 검약가인 줄은 몰랐소. 새 것을 더럽히지 않으려고 구태어 헌 것을 위에 입지 않아도 될 터인데 말이오."

조조가 웃으며 말하자 관우는 이렇게 대답했다.

"아니, 그렇지 않습니다. 낡은 것은 황숙님에게서 받은 것입니다. 조장군님께서 새 것을 주셨다고 하여 옛 것을 잊어버릴 수가 없어 입고 있는 것입니다."

또 한번은 조조가 베푼 연회에 관우가 늦게 참석한 적이 있었다. 그의 눈에 눈물 자국이 보여 조조는,

"관공의 눈물이라니, 대체 무슨 일이오?"

하고 놀라 물었다. 그러자 관우는,

"두 형수님께서 황숙님 생각을 하며 슬프게 우시기에 저도 덩달아 울어버렸습니다."

하고 눈물도 닦지 않은 채 솔직하게 대답했다.

조조가 관우의 마음을 사로잡으려고 아무리 극진하게 대접을 하고 값비싼 선물을 주어도 관우는 별로 기뻐하지 않았다. 하지만 단 한 번, 관우가 조조의 선물을 기뻐한 적이 있었다.

관우가 타고 있는 말이 야윈 것을 보고, 조조가 새빨간 털을 가진 말을 선물했을 때였다.

"관공은 이 말을 알고 있소?"

"여포가 타던 적토마 아닙니까?"

관우는 처음으로 기쁜 모습을 보였다.

"관공은 미녀보다 말을 더 좋아하는 모양이오."

조조가 말하자 관우는 진지한 얼굴로 대답했다.

"저라고 미녀를 싫어할 리가 있겠습니까? 그러나 하루에 천 리를 달린다는 이 말만 있으면, 유황숙님의 행방을 알게 되었을 때 설사 천 리가 떨어져 있다 하더라도 하루에 달려가 만나 뵐 수가 있지 않겠습니까. 그래서 기뻐한 것입니다."

이 말을 듣고 조조는 '아차' 하고 후회스런 기분이 들었다. 그러나 어쩌랴. 이미 준 것을 되돌려 달라고 할 수는 없는 일이었다.

그로부터 얼마쯤 지난 어느 날, 장료가 관우의 집에 찾아왔다.

"허도의 생활은 좀 어떠십니까?"

"그대에게는 미안하지만, 가능하면 하루라도 빨리 이곳을 떠나려고 생각하고 있소."

"그것도 또 왜 그렇습니까? 뭔가 불만이라도 있으십니까?"

"아니, 그렇지는 않소. 조장군이 참으로 잘 해 주시네. 그러나 몸은 이곳에 있어도 내 마음은 황숙 형님과 함께 있소."

"조장군님께서는 유비공보다 훨씬 더 관공을 소중히 여기고 돌봐 주고 계십니다. 그래도 떠나실 생각이십니까?"

"조장군님의 따뜻한 보살핌에는 깊이 감사하고 있소. 그러나 황숙님과는 생사를 함께 하기로 맹세한 사이기에 배신할 수가 없소. 하지만 조장군님의 은혜에 보답도 하지 않고 떠난다는 것은 내 마음이 용서하지를 않소. 때문에 무엇인가 공을 세운 후에 떠날 작정이오."

"만일 유비공이 이미 돌아가셨다면 어떻게 하시겠습니까?"

"그때는 지하까지라도 따라가야 하지 않겠소."

관우는 단호히 대답했다.

장료는 관우의 집을 나오자 그 길로 조조에게 가서 관우의 말을 전했다. 조조로부터 관우의 마음을 떠보고 오라는 은밀한 명령을 받았던 것이다.

"역시 만류할 수가 없단 말인가……."

조조가 한숨을 내쉬자 곁에 있던 순욱이 방법을 제시했다.

"공을 세우고 나서 떠나겠다고 한다면, 관우에게 공을 세울 기회를 주지 않으면 될 것입니다."

그 말에 조조는 다소 위안을 받은 듯 고개를 끄덕였다.

그 무렵, 유비는 기주에 있는 원소에게 신세지고 있었다.

유비의 마음은 어두웠다. 서주를 모두 잃고 가족을 적의 손에 남겨 놓고, 관우와 장비의 행방도 알 수가 없다. 원소는 따뜻하게 맞아 주었지만 언제 마음이 바뀌어 내쫓길지 모르는 처지였다.

'관우와 장비는 나만 따라오지 않았더라도 지금쯤 한 지방의 주인이 되어 있을 걸출한 인물들이다. 도대체 언제나 그 두 사람에게 보답을 해 줄 수 있을까?'

유비는 자신의 무력함이 새삼 한심하게 느껴졌다.

그러던 어느 날, 원소가 의논을 해 왔다.

"막내아들의 병도 호전되었고 눈도 녹아 병사를 출동시키기에 알맞은 계절이 되었네. 조조를 치고 허도로 진격해 갈까 하는데 어떻겠나? 유비공의 의견을 듣고 싶네."

"조조는 천자를 업신여기는 역적이니 쳐야 합니다. 조조를 물리칠 수 있는 영웅은 원소님을 빼놓으면 천하에 아무도 없습니다."

유비는 반색을 하며 싸움을 부추겼다.

"잘 말해 주었네."

원소는 크게 기뻐하며 출병 준비에 착수했다. 그런데 전풍이 반대를 했다.

"서주를 함락시켜 조조는 후방을 염려하지 않아도 됩니다. 그리고 병사들의 사기도 높습니다. 지금 싸우면 별로 이롭지 못합니다."

원소는 싸움을 앞두고 병사들 사기를 꺾는다며 그를 감옥에 집어

넣고 말았다.

이런 우여곡절을 겪으며 원소는 20만 대군을 이끌고 여양으로 진격하고, 선봉대인 안량은 황하 근처의 백마 들판에 진을 쳤다.

"원소가 대군을 이끌고 남진하고 있습니다."

즉각 척후병이 허도로 달려갔다. 조조는 출동 준비를 서둘렀다.

거기에 관우가 불쑥 나타났다.

"원소와 싸우러 나가신다고 들었습니다. 부디 저에게 선봉대를 맡겨 주십시오. 한번 신명나게 싸워 보고 싶습니다."

"그것은……."

조조는 기쁜 듯이 머리를 끄덕이려고 하다가 황급히 고개를 좌우로 흔들었다. 정욱이 했던 말이 떠올랐던 것이다.

"아닐세, 이번 싸움은 관공의 힘까지 빌릴 정도는 아니오. 다른 기회에 부탁하기로 하겠소."

관우는 할 수 없이 물러나왔다.

조조는 10만 군사를 이끌고 황하 기슭에 있는 백마성에 자리잡고 싸움터가 내려다 보이는 작은 산 위에 진을 쳤다. 눈 아래에 펼쳐진 평야에는 원소 휘하의 안량(顔良)이 이끄는 5만 원소군의 선봉대가 마치 숲속의 나무처럼 빽빽하게 포진해 있었다.

조조는 마침 곁에 있는 송헌(宋憲)을 바라보았다.

"그대는 여포와 함께 용맹을 떨쳤던 대장이니, 안량과 한번 승부를 겨루어 보라."

송헌은 기뻐하며 창을 옆구리에 끼고 말을 달려 안량에게 도전했다. 맞받아 나온 안량은 큰 칼을 휘둘러 3합도 채 안 되어 송헌의 목을 베어 버렸다.

"꽤나 무서운 녀석이로군!"

조조는 깜짝 놀랐다.

"누군가 저 놈을 무찌를 자 없느냐?"

"저에게 원수를 갚을 기회를 주십시오."

이번에는 송헌과 함께 여포를 섬겼던 위속(魏續)이 나섰다.

조조가 허락하자 위속은 씩씩하게 뛰쳐나갔다. 안량은 아무 말도 하지 않은 채 또다시 큰 칼을 휘둘러 단 2합만에 위속을 두 동강이 냈다.

뒤이어 서황(徐晃)이 큰 도끼를 휘두르면서 안량에게 덤벼들었다. 하지만 서황도 20합 가량 겨루어 보더니 못 당하겠다는 듯이 말머리를 돌려 본진으로 도망쳤다.

기세가 오른 안량은 일제히 공격 명령을 내리니 조조군은 도망치기 바빴다. 안량은 이를 보더니 유유히 자신의 진지로 철수해 갔다.

"안량 한 놈한테 이런 수모를 당하다니 이럴 수가 있느냐?"

두 명의 대장을 잃은 조조는 못마땅한 표정을 지었다. 늘어선 대장들은 말도 없이 고개를 떨구었다.

그때 참모인 정욱이 의견을 내놓았다.

"안량의 상대가 될 수 있는 장수는 관우밖에 없습니다. 관우를 부르시면 좋을 것입니다."

"하지만 관우에게 공을 세우게 하면 내 밑을 떠나버릴 것이다."

"걱정하실 필요 없습니다. 아마 유비는 원소의 휘하에 있는 것 같습니다. 관우에게 안량을 베게 한다면, 원소는 오히려 유비를 죽일 것입니다. 유비가 죽으면 관우는 갈 곳이 없어지게 됩니다."

"과연 그렇겠구나."

조조는 즉시 사람을 허도로 보내 관우를 불렀다.

부름을 받은 관우는 청룡언월도를 손에 들고 적토마를 타고 아침 햇살을 받으며 백마성으로 달려왔다.

"오오, 관공, 기다리고 있었소."

기뻐한 조조는 관우를 데리고 산 위로 올라가 눈앞에 펼쳐진 싸움터를 보여 주었다.

하북의 5만여 원소군이 그야말로 가득한 벌판 한가운데 대장기를 세워놓고 커다란 칼을 휘두르면서 위용을 뽐내고 있는 장수가 있었다.

"저 놈이 바로 안량이오."

"그렇습니까? 제 눈에는 그저 목에 팔 물건이라는 표찰을 매달고 있는 잡병과 같아 보입니다. 제가 목을 베어 가지고 오겠습니다."

관우는 마치 주머니 속의 물건이라도 꺼내듯이 호언장담하더니 곧 적토마에 올라타고 산을 달려 내려갔다. 오랜만에 피냄새를 맛본 적토마는 '흐흥흐흥' 거리며 무섭게 벌판을 질주했다. 일직선으로 적진을 향해서 달리는데 그야말로 맹수나 다름없었다. 그 기세에 원소군 병사들은 파도가 물러가듯이 몸을 피하며 양쪽으로 갈라졌다.

3

적토마는 순식간에 안량의 눈앞으로 뛰쳐나갔다.

"안량아, 네 놈의 목을 받으러 왔다!"

관우의 우렁찬 목소리와 함께 청룡언월도의 칼날이 햇살에 번뜩 빛나는가 싶더니만, '휙' 하는 엄청난 칼날의 울림과 함께 내리쳐졌다. 안량은 뭐라고 말대꾸 할 사이도 없었다.

"아—앗!"

여기저기서 신음에 가까운 비명소리가 들리면서 동시에 안량의 목이 떨어져 땅바닥에 굴렀다. 관우는 유유히 그 목을 청룡언월도에 꿰어서 말을 돌려서 조조 진영으로 향했다.

눈 깜짝할 사이에 대장을 잃고 망연자실해 있는 원소군에게 조조 군이 일제히 덤벼드니 그들은 도망치기에 바빴다.

관우는 곧 언덕으로 올라가 조조 앞에 안량의 목을 바쳤다.

"과연 관공이구려. 훌륭하오. 귀신 같은 솜씨란 이것을 두고 하는 말일 것이다. 아니, 정말로 감탄했소!"

조조는 입에 침이 마르도록 칭찬했다. 관우는 고개를 흔들었다.

"아닙니다. 저 같은 것은 별로 대단한 것이 못됩니다. 제 의동생인 장비라면 백만의 무리 속으로 달려들어가, 마치 품 안의 물건을 꺼내듯이 적장의 목을 베어 올 것입니다."*

이 말을 듣고 조조는 간담이 서늘해져서 부하들에게 말했다.

"앞으로 장비를 만나는 일이 있다면 조심하지 않으면 안 되겠구나. 모두들 옷깃에 장비의 이름을 써두고 잊지 말아라."

한편, 원소는 도망쳐 온 안량의 부하들로부터 불그스름한 대춧빛 얼굴에, 배까지 내려오는 긴 수염의 장수가 달려와 안량을 단칼에 베었다는 보고를 듣자 크게 놀랐다.

"안량 정도의 장수를 손쉽게 벨 수 있는 자는 조조의 휘하에는 결코 없다. 도대체 어떤 놈일까?"

"유현덕의 동생인 관우라고 생각됩니다."

하고 저수(沮授)가 말했다.

"유비의 동생이라고? 그렇다면, 유비는 조조에게 내통하여 나의 대장을 치게 한 것이로구나. 괘씸하구나. 목을 잘라버려야겠다!"

화가 난 원소는 즉시 유비를 불러들였다.

하지만 유비는 당황하지 않고 침착하게 설명했다.

"서주에서 뿔뿔이 헤어진 이래 동생들의 행방을 모릅니다. 어떻게 조조에게 내통 같은 짓을 할 수 있겠습니까?"

"게다가 세상에는 닮은 자도 많이 있습니다. 불그스레한 얼굴에

긴 수염이라고 해서 꼭 관우라고는 할 수가 없습니다. 원소님께서 부디 헤아려 주십시오."

그 말을 듣고 원소는 일리 있는 말이라고 생각했다.

"너의 말을 듣고 죄도 없는 사람을 죽일 뻔했다."

하고 오히려 저수를 꾸짖었다. 그리고 안량과 맞먹는 맹장 문추(文醜)에게,

"5만 군사를 내줄 테니 안량의 원수를 갚고 오너라."

하고 명했다.

유비는 안량을 죽인 사나이가 관우인지 아닌지를 확인하고 싶어 원소의 허락을 받아 문추와 함께 출진했다.

한편, 관우의 활약을 대단히 기뻐한 조조는 조정에 이 일을 보고하고, '한수정후'의 관작을 내렸는데 때마침 급보가 날아들었다.

"문추의 대군이 밀려 내려와 연진에 진을 쳤습니다!"

"문추는 하북의 명장이라고 들었는데 과연 지모 쪽은 어떨까?"

조조는 코웃음을 치고 군량을 운반하는 치중대(輜重隊)를 먼저 보내고 전투 부대는 그 뒤에서 전진하도록 명했다.

"이렇게 해서는 일부러 군량을 적에게 주는 것과 같다."

낭중취물(囊中取物)

주머니 속에서 물건을 꺼내듯 쉬운 일을 일컫는 말이다. 관우가 안량의 목을 베어 오니 조조와 수하 장수들은 그의 무용을 치하해 마지않았는데, 관우는 오히려 겸손함을 표시하면서, '내 아우 장비는 그 용맹이 대단하여 100만 대군 속에서 적장의 목을 베어오길 마치 주머니 속의 물건을 취하 듯합니다'고 말하였다.

장수들은 고개를 갸웃거렸으나 조조는 상관하지 않고 군사를 전진시켰다.

아니나 다를까, 연진에 가까이 가자 문추가 이끄는 원소군이 치중대에 습격을 가해왔다. 무장하지 않은 치중대는 앞을 다투어 도망쳤다. 원소군은 싸움터라는 사실을 잊어버린 채 군수품을 다투어 빼앗아 갔다. 거기에 조조군이 단숨에 공격을 가했다. 원소군은 순식간에 붕괴되었다. 문추는 도망치다가 적토마를 타고 뒤쫓아 온 관우의 청룡언월도 밑에서 피보라를 내뿜었다.

이때, 유비는 후방에 있었으나 도망쳐 오는 하북의 병사들이,

"안장군을 죽인 붉은 얼굴에 긴 수염의 사나이가 문장군까지도 죽였다!"

하고 제각기 외쳐대는 것을 듣고 전방으로 달려 나갔다. 강 건너 쪽에 조조군의 인마가 지나가는 것이 보였다. 그리고 '한수정후* 관운장'이라고 쓰여진 깃발이 바람에 나부끼고 있는 것을 보았다.

"오오, 관우! 살아 있어 주었구나."

유비는 눈시울을 붉히고 하늘을 향해 감사했다. 말을 달려 뒤쫓아 가려고 했으나, 조조군이 강을 건너서 공격을 가해 왔기 때문에 할 수 없이 발길을 돌렸다.

본진으로 돌아오자, 유비는 다시금 원소 앞으로 끌려 나갔다.

"이 귀가 큰 녀석아! 네 놈의 동생 관우가 문추를 죽였다고 심배와 곽도가 알려 왔다. 더는 살려 둘 수가 없다. 애들아, 이 놈을 당

장 끌어내 목을 베어라!"

원소는 큰소리로 좌우의 병사에게 명했다.

"기다려 주십시오. 이것이야말로 조조의 계략입니다. 관우에게 일부러 두 대장을 죽이게 해서 원소님의 노여움을 유도하여 원소님의 손으로 저를 죽이게 하려는 것입니다."

유비는 필사적으로 호소했다.

"제가 여기에 있다는 것을 알리면, 관우는 즉시 달려 올 것입니다. 관우를 우리 편으로 만들기만 하면, 안량과 문추의 수십 배 힘이 될 것입니다."

"으음, 그러고 보니까 그렇기도 하군."

원소는 관우를 데려온다는 말에 유비를 용서했다.

그날 밤, 유비는 관우에게 편지를 썼다. 간절한 마음을 담아 쓰는 유비의 붓은 밤이 깊어도 멈추지를 않았다.

한수정후(漢壽亭侯)
조조가 헌제에게 고해 관우에게 내린 벼슬이다. 이후 관우가 유비를 찾아 떠날 때 항복했던 그대로 맨몸으로 떠나면서 한수정후 관인 또한 놓고 간다. 하지만 조조에게 받은 물건은 모두 놓고 가면서도 적토마만은 가져갔다.

다섯 관문을 돌파하다

1

안량과 문추, 두 대장을 잃은 원소는 기가 꺾여 군사를 뒤로 물려 본거지로 돌아갔다.

조조도 일단 허도로 돌아와, 성대한 연회를 열어 관우의 공적을 치하하고 장수들을 위로했다.

그때 허도의 남쪽에 있는 여남군(汝南郡) 방향에서 후방을 지키던 조홍(曹洪)으로부터 급한 연락이 왔다. 유벽과 공도라는 황건적의 잔당이 원소군의 지원을 받아 공격해 오고 있는데 감당할 수 없으니 원군을 보내 달라는 것이었다.

관우가 재빨리 앞으로 나왔다.

"저는 놀고 있으면 몸의 상태가 이상해집니다. 황건의 토벌전에 나가고 싶습니다."

"관공이 가준다면 마음 든든하오."

조조는 기뻐하며 우금(于禁)과 악진(樂進)을 부대장으로 삼아 3만 병력을 내주고, 관우가 여남으로 가는 것을 허락했다.

순욱이 조조에게 간했다.

"관우는 유비에게 돌아가고 싶어하고 있습니다. 갔다가는 돌아오지 않을지도 모릅니다. 너무 자주 출진시키지 않도록 하십시오."

"그렇구나. 여남에서 돌아오면 아무 데도 내보내지 않겠다."

하고 조조는 동의했다.

한편, 관우는 병사를 거느리고 나가 여남성 부근에 진을 쳤다. 그날 밤이었다. 한 사나이가 은밀히 관우의 숙소로 찾아왔다. 놀랍게도 손건(孫乾)이었다.

"무사해서 다행이구려. 나는 두 형수님을 지키기 위해 조조에게 항복했는데, 손공은 어떻게 지내고 있었는가?"

"서주에서 도망친 뒤, 여기저기를 전전한 끝에 지금은 유벽 밑에 있습니다."

하고 손건은 대답하며,

·"그런데 유벽과 공도는 장군님을 흠모하고 있어 싸울 마음이 없습니다. 저는 그 일을 전하러 왔습니다. 그리고 기뻐해 주십시오. 우리 주공님의 행방을 간신히 알아냈습니다."

손건의 말에 관우의 얼굴이 갑자기 환하게 빛났다.

"어디인가, 어디에 계신가?"

"아무래도 원소의 휘하에 계신 것 같습니다."

"원소의 휘하라고?"

관우의 얼굴이 흐려졌다.

"나는 안량과 문추를 죽였다. 당연히 원소는 화를 내고 있을 것이다. 황숙님의 입장이 난처하게 되지 않았으면 좋으련만."

"그렇다면, 이렇게 하지요. 제가 원소 진영으로 가서 상황을 파악하여 확실한 것을 알려드리겠습니다. 그 다음에, 장군님은 두 부인을 모시고 주공께 오시는 것이 좋을 것입니다."

"그렇게 해 주면 고맙겠네."

관우는 안도한 듯이 얼굴을 펴고 손건을 배웅했다.

다음 날, 관우가 군사를 이끌고 공격하러 나서자, 유벽과 공도는 손건과 사전에 약속이 있는지라 일부러 패한 시늉을 하면서 도망쳐 갔다. 관우는 어렵지 않게 그들을 진압하고 허도로 개선했다.

'이제는 손건의 연락을 기다릴 뿐이다. 허도를 떠날 날도 멀지 않았구나.'

관우는 가슴이 두근거렸으나 이런 사실이 새어 나가면 곤란하기 때문에, 두 형수에게조차 아무 말도 하지 않은 채 평소대로 지내고 있었다.

며칠이 지났다. 낯선 사나이가 관우의 집으로 찾아왔다. 이름을 물으니까 원소의 가신 진진(陳震)이라고 했다. 깜짝 놀란 관우는 안쪽 방으로 맞아들였다.

"일부러 찾아와 주신 것은 무슨 까닭이 있어서겠지요?"

관우가 묻자 진진은 고개를 끄덕이며, 한 통의 편지를 내밀었다.

"유비님한테 이것을 부탁받고 왔습니다. 읽어 보십시오."

"뭐라고요, 형님께서 보낸 편지!"

서둘러 펼쳐 보니, 틀림없는 유비의 필적이었다.

　　나는 지금 원소 밑에 있다. 그대가 조조의 휘하에 있다는 것은 알고
있다. 그대가 조조 밑에서 부귀를 누리며 높은 지위를 원한다면, 지금까
지 그대에게 아무런 보답을 하지 못했으니 내 목이라도 주겠다. 조조에게
바친다면, 조조는 크게 기뻐하고 그대를 중용하게 될 것이다……

'형님, 무슨 말씀을 그렇게 하십니까?'

관우의 눈에는 원망의 눈물이 맺혔다.

'부귀나 지위를 원한다면 무엇 때문에 이런 고생을 하겠습니까?
저는 도원의 맹세를 단 한 번도 잊어본 적이 없습니다.'

관우는 야속한 생각을 털고,

'형님은 자세한 사정은 모르고 계신 거야. 내가 정말로 조조에게
항복했다고 믿고 계신 것이 틀림없다.'

하고 짐작하여 우선 유비에게 보내는 답장을 써서 진진에게 맡기
고, 두 형수에게 자초지종을 설명했다.

"황숙님의 행방을 알아냈습니다. 내일 조조에게 하직 인사를 하

고 허도를 떠날 것입니다. 서둘러 준비해 주십시오."

두 부인은 너무나 기뻐 손을 맞잡고 울음을 터뜨렸다.

이튿날, 관우는 하직을 고하기 위해 조조의 저택을 찾아갔다. 그런데 대문에 면회를 사절한다는 〈피객패〉가 내걸려 있었다. 이 피객패가 걸려 있을 때에는 아무도 조조를 만날 수가 없다.

사실 조조는 우금으로부터 유비가 분명히 원소 진영에 몸담고 있다는 연락을 받았다. 그래서 관우를 떠나지 못하게 하려고 일부러 피객패를 내걸고 만나지 않으려 했다.

관우는 조조에게 작별 인사를 하여 예를 다하고 떠나고 싶어 그 다음 날에도 조조의 저택에 가보았다. 피객패는 그대로 있었다. 그 다음 날도, 그 다음 다음 날도 마찬가지였다. 겨우 주변을 통해 물어보았더니 조조가 몸이 아파 만날 수 없고, 장료는 어디론가 갔다고 했다. 그렇게 헛되이 7일이 지나갔다.

'조조와 장료는 나에게 작별 인사를 하지 못하게 하기 위해 일부러 만나주지 않는 것일 것이다. 어쩔 수 없다. 그렇다면 잠자코 떠나야겠다.'

8일째 되는 날 아침 일찍 관우는 마음을 정하고 조조 앞으로 편지를 써서 심부름꾼에게 전하게 했다. 그리고 나서 청룡언월도를 옆구리에 끼고 적토마에 올라타고는 옛날부터 부리던 종자에게 두 형수의 수레를 호위하게 하고 저택을 떠났다.

일행은 인적이 드문 허도의 거리를 지나 북쪽 성문으로 향했다.

조조의 저택에 관우의 편지가 도달한 것은 그로부터 한참이 지난 뒤였다.

"관우가 떠났다고!"

편지를 읽고 조조가 깜짝 놀라고 있으려니 관우의 저택 관리인이 달려 와서 보고했다.

"관우는 저택을 구석구석까지 깨끗이 청소하고, 장군님으로부터 보내 온 물건들을 모두 봉인을 하고, 10명의 시녀는 안방에 남겨 놓고, 한수정후의 인장은 방에 놓아 둔 채 떠났습니다."

뒤이어 북쪽 성문을 지키고 있던 수문장에게서 급보가 날아 왔다.

"관우가 10명의 종자들에게 수레를 호위하게 하고 수문장을 협박하여 우격다짐으로 통과, 북쪽으로 향했습니다."

"장군님께 작별 인사도 하지 않고 한 통의 편지만 남겨두고 떠나 가다니, 무례하기 짝이 없습니다."

"제가 쫓아가서 붙잡아 오겠습니다."

하고 주위의 장수들이 제각기 떠들어댔다. 조조는 그제서야 고개를 좌우로 흔들었다.

"아니다, 유비의 행방을 알게 되면 떠나겠다고 한 것은 처음부터의 약속이었다. 추격해서는 안 된다. 그러나 이대로 보내면 여기 있는 조조가 마음이 좁다고 세상 사람들에게 비웃음을 당할 것이다. 아직 그다지 멀리는 가지 못했을 것이다. 작별 인사를 해야겠다."

조조는 준비를 갖추자 장수들을 거느리고 즉시 관우 뒤를 쫓아 갔다.

한편, 관우는 추격대를 경계하며 두 형수의 수레를 재촉해 나갔으나, 허도 교외의 작은 다리를 건너가자마자 뒤쪽에서 흙먼지가 피어오르는 것을 보았다.

"아무래도 추격대가 나온 것 같구나. 그대들은 형수님의 수레를 지키며 먼저 가거라. 나는 추격대를 물리치고 뒤따라 가겠다."

관우는 종자들에게 명하고 다리로 다시 돌아가 청룡언월도를 꼬나쥐고 추격대를 기다렸다.

달려 온 것은 조조였다. 장료를 비롯하여 허저, 서황, 우금, 이전 등의 장수들이 뒤를 따르고 있었다.

"관공, 황급한 출발인데 어찌된 일이오?"

조조가 안타깝다는 듯이 말을 걸었다.

"유황숙님의 행방을 알았기 때문에 인사도 못 드리고 떠나는 길입니다."

관우는 적토마에 탄 채로 머리를 숙였다.

"조장군님, 옛날에 약속하신 것을 생각하시고 만류하지 말아 주십시오."*

"참으로 유감이지만 약속이니까 막지는 않겠소. 나는 관공과 작별 인사를 하러 온 것이오."

조조는 이렇게 말하더니 뒤를 돌아다보았다.

신은구의(新恩舊義)

새로운 은혜와 오래된 의리라는 뜻으로, 조조가 조홍에게 내린 것이고 의리는 유비에 대한 것이다 관우는 이렇게 말을 하고 조조의 은혜를 갚기까지 했지만 의리를 좇아 돌아오고 말았다.

"관공에게 그것을 갖다 드려라."

그러자 대장 하나가 말에서 내렸다. 그리고는 관우 앞으로 다가가 비단으로 만든 전포 한 벌을 내밀었다.

"조촐하나마 나의 선물이오. 짧은 동안이었으나 나와 관공과의 교분에 대한 기념으로 받아 주기 바라오."

"조장군님의 따뜻한 배려, 감사하게 받겠습니다."

관우는 청룡언월도의 칼끝을 내밀어 전포를 걸고 훌쩍 걷어 올려 어깨에 걸치더니,

"언젠가 다시 뵈올 날이 있을 것입니다."

하고 머리를 숙이고는 말머리를 돌려 떠나갔다.

"훌륭한 무장이라는 것은 무용뿐만 아니라 강한 신념을 지니고, 그 신념을 끝까지 관철해내는 강인한 정신력을 가지고 있다. 그대들도 관공을 본받도록 하라."

조조는 관우의 뒷모습을 보며 주위의 장수들에게 말하고는 허도로 되돌아갔다.

2

조조와 헤어진 관우는 적토마를 달려 순식간에 두 형수의 수레를 따라 붙자 걸음을 서둘렀다.

그날 밤은 어느 시골 농가에서 신세를 졌다. 집 주인인 호화(胡華)라는 노인은 관우의 이름을 듣자,

"그렇다면 안량과 문추를 죽인 장군 아니십니까?"

하고 크게 기뻐하고는 일행을 극진히 대접해 주었다.

다음 날 아침, 호화는 한 통의 편지를 관우에게 맡겼다. 아들 호반(胡班)이 영양의 태수 왕식(王植)의 휘하에 있으니 지나가게 되거든 전해 달라고 했다. 관우는 선선히 승낙하고 편지를 받아 품안에 넣었다.

호화 노인과 작별을 고한 관우 일행은 낙양 방향으로 가는 길을 택하여 이윽고 동령관이라는 관문에 이르렀다. 공수(孔秀)라는 대장이 500명의 병사들과 함께 경비를 엄하게 서고 있었다.

공수는 험준한 산길을 올라오는 일행을 관문 입구에서 맞았다.

"관장군께서는 어디로 가시는 길입니까?"

"하북으로 황숙님을 찾아가는 길이네."

"하북으로 가시려면 조장군님의 특별 허가가 필요합니다. 통행증을 갖고 계십니까?"

"그런 것은 갖고 있지 않네. 다만 작별을 할 때 조장군님으로부터 하북으로 가는 허락을 받았네."

관우의 대답을 듣자, 공수는 안면을 바꿨다.

"입으로라면 무슨 말이든 할 수 있지요. 아무튼 통행증이 없으면 이곳을 통과시킬 수가 없소. 즉각 허도로 돌아가 받아서 오시오."

"서두르는 여행길이라 그럴 여유가 없네. 어떻게 통과시켜 줄 수 없겠는가?"

"안 되오. 꼭 지나가야겠다면 여자들을 인질로 두고 가시오."

"네 이놈, 무례하게 함부로 떠드는구나!"

화가 난 관우가 자기도 모르게 청룡언월도를 치켜들자 공수는,

"앗, 반항을 할 작정이오? 얘들아, 이자를 체포하라!"

하고 외치면서 창을 내지르며 관우에게 덤벼들었다.

관우는 훌쩍 몸을 피하고 청룡언월도를 한번 휘둘러 공수를 두 동강냈다.

"공수는 나를 죽이려고 했기 때문에 어쩔 수 없이 베었다. 그대들은 베고 싶지 않다. 얌전하게 우리를 통과시켜라."

관우는 찢어진 눈을 치켜뜨고 호통을 치며 병사들을 노려보며 덧붙였다.

"하지만 끝까지 보내 주지 못하겠다면 얼마든지 상대를 해 주겠다!"

병사들은 무서워 벌벌 떨며 무기를 버리고 모두들 관우 앞에 무릎을 꿇었다. 관우는 얼굴 표정을 누그러뜨렸다. 그리고는 종자들을 재촉하여 관문을 빠져 나가 낙양으로 향했다.

이 소식은 낙양의 한복(韓福)에게 곧바로 전해졌다.

"잠자코 통과시킨다면 나중에 조장군님에게 벌을 받을 것이다. 어떻게든 막지 않으면 안 된다."

한복은 부하를 모아 놓고 계책을 세웠다. 맹탄(孟坦)이라는 부

하가 말했다.

"관우가 오면 제가 병사를 이끌고 공격하겠습니다. 일부러 져서 성문 있는 곳까지 유인할 테니, 나리는 그늘에 숨어 있다가 놈을 활로 쏘아 맞추십시오."

"그것이 좋겠다."

맹탄의 계략에 한복은 고개를 끄덕였다.

이윽고 관우 일행이 다가왔다.

맹탄은 병사를 이끌고 쳐 나갔다.

관우가 맞서 싸우자 예정대로 몇 합 정도 싸우는 척하다가 도망치기 시작했다.

그러나 그는 적토마의 속도를 계산에 넣지 않은 실수를 범했다. 성문이 있는 곳까지 유인하기 전에 추월당하여 관우가 휘두른 청룡언월도의 희생물이 되고 말았다.

이것을 본 한복은 황급히 화살을 쏘았다. 화살은 빗나가 관우의 팔꿈치에 맞았다.

관우는 입으로 화살을 뽑고 흐르는 피를 그대로 둔 채 말을 달려 한복에게 다가가더니 단 한 번에 베어 죽였다.

이렇게 가로막는 장수들을 해치우며 낙양을 돌파한 관우는 두 형수의 수레를 지키면서 밤길을 서둘러 기수관까지 달려갔다. 기수관을 지키고 있던 수문장은 변희(卞喜)라는 대장이었다.

'정상적인 수단으로는 관우를 무찌르지 못할 것이다.'

그렇게 생각한 변희는 관문 부근에 있는 진국사라는 절에 병사를 매복시키고 허를 찔러 관우를 기습할 준비를 갖추었다. 변희는 관우가 나타나자,

"이번에 유황숙님께 다시 돌아가신다고 하니 장군님의 충의의 뜻에 저도 감동하였습니다."

하고 시치미를 떼고 입에 발린 아부를 늘어놓으며 관우 일행을 진국사로 안내했다. 절에 도착하자 승려들이 종을 울리면서 마중 나왔다.

이 절은 명제(明帝＝후한의 제2대 황제〔재위 57～75년〕) 시대에 세워진 오래된 절로, 30명 정도의 스님이 있었다.

그 가운데 보정이라는 스님은 우연히 관우와 같은 고장 태생이었다.

"장군님은 고향을 떠나신지 얼마나 오래 되셨습니까?"

"벌써 10년쯤 되나 봅니다."

"장군님의 집과 우리집은 강 하나를 사이에 두고 있었습니다."

"허허, 그렇게 가까운 줄은 미처 몰랐소."

두 사람이 그리운 듯이 고향 이야기를 하고 있으려니 변희가 성큼성큼 들어왔다.

"장군님, 연회 준비가 다 되었습니다. 편히 쉬시면서 피로를 푸십시오."

"고맙소."

관우가 그 자리를 떠나려고 할 때 보정 스님이 변희가 눈치채지 못하도록 눈짓을 하며 허리에 찬 호신용 검집을 들어 보였다. 그 의미를 깨달은 관우는 고개를 약간 끄덕여 알았음을 표시하고는 변희의 뒤를 따라 갔다.

안내받아 들어간 방에는 주연 준비가 갖추어져 있었다. 그러나 방 뒤쪽에 둘러친 막 뒤에서는 살기가 느껴졌다.

"자아, 이리 오시지요. 술과 안주를 여러 가지로 갖추어 놓았습니다. 입맛에 맞으시면 좋겠습니다만."

관우에게 술을 취하게 하고 적당한 때를 보아 변희가 술잔을 던지는 것을 신호로 막 뒤에 숨어 있던 병사들이 일제히 뛰어든다는 계획이었다.

"자네가 갖추어 놓은 것은 술이 아니라 병사들이겠지!"

관우는 소리치자마자 허리의 검집에서 칼을 뽑아 변희를 베어 버렸다. 막 뒤에서 병사들이 우르르 뛰쳐나왔으나 관우가 두세 명을 베어 버리자 겁을 내고 도망쳐 버렸다. 보정 스님이 들어왔다.

"모두 끝났습니까?"

"덕분에 목숨을 구했습니다. 그러나 이렇게 되어 버린 이상 스님도 이 절에는 있을 수 없잖습니까?"

"뭘요, 다른 지방의 절을 찾아 돌아다니면 됩니다. 언젠가 다시 만나뵐 날이 있겠지요. 무사하시기를."

보정 스님은 섭섭한 표정이었다.

관우는 거듭 보정 스님에게 사의를 표하고 두 형수의 수레를 호위하여 진국사를 뒤로 했다.

이제까지 동령관, 낙양, 기수관의 세 관문을 돌파했으니 앞으로 형양을 거쳐 황하를 건너면 원소의 영지다.

'순순히 지나가게 해 주면 서로 좋으련만……'

어쩔 수가 없었다고는 하지만 조조의 부하 대장과 태수를 벌써 몇 사람이나 죽였다. 가능하다면 더는 죽이고 싶지 않았다. 관우는 앞길에 아무 일 없기를 빌며 형양을 향해 수레를 재촉했다.

3

형양태수 왕식(王植)은 관우 일행을 정중하게 맞아 주었다.

"장군님과 부인들께서 먼 길을 오시느라 수고하셨습니다. 또한 많이 피로하실 테니 오늘 밤에는 성안에서 하룻밤 편안히 지내시고 내일 아침에 떠나시는 것이 좋을 것입니다."

처음에 관우는 무엇인가 계략이 있는 것이 아닐까 하고 의심했으나, 그런 낌새는 전혀 보이지 않았기 때문에 왕식의 호의를 받아들이기로 했다.

사실 두 형수와 종자들 모두 계속되는 여행으로 피로가 겹쳐 있었기 때문이기도 했다.

성안의 숙소에는 손님을 맞이할 준비가 이미 갖추어져 있었다. 왕식은 관우를 연회자리에 초대했으나 변희의 일도 있고 해서 사양했다. 그러자 왕식은 갖가지 음식을 숙소로 날라다 주었다.

관우는 저녁 식사가 끝나자 형수들을 안쪽 방에서 자게 하고, 종자들에게는 적토마에게 충분히 여물을 준 후 쉬라고 일렀다. 자신도 갑옷을 벗고 오래간만에 휴식을 취했다.

그 시간, 왕식은 부하 호반을 불러 지시하고 있었다.

"관우는 조장군님을 배신하고 도망친데다가 도중에 관문의 대장과 태수를 죽인 중죄인이다. 그러니 놓쳐서는 안 된다. 그대는 병사를 이끌고 은밀히 숙소를 에워싸고 있다가 한밤중이 되거든 불을 질러라. 한 놈도 남김없이 불태워 죽이는 것이다."

호반은 명령받은 대로 병사를 동원하여 숙소 주위에 불타기 쉬운 장작이나 잡목을 몰래 쌓아 올리게 하고는 밤중이 되기를 기다렸다. 그러는 동안에 호반은 문득 '관우, 관우' 하고 칭송이 자자한 그 유명한 인물의 얼굴을 단 한 번도 본 적이 없어 도대체 어떤 사람일까 하고 궁금해졌다.

그래서 숙소 안으로 들어가 관우의 방 앞으로 조용히 다가가 문틈으로 살짝 들여다보았다.

관우는 등잔불 밑에서 책상을 향해 길다란 수염을 쓰다듬으며 조용히 책을 읽고 있었다.

'아아, 정말 훌륭한 인물이구나. 그야말로 하늘이 낸 분이다.'

위엄에 압도당한 호반은 자신도 모르게 그 자리에 무릎을 꿇고 말았다. 관우가 '휙' 하고 눈을 쳐들었다.

"누구냐!"

"왕태수 밑에 있는 호반이라는 사람입니다."

"호반? 그렇다면 허도의 교외에 사시는 호화(胡華) 어르신의 아드님 아닌가?"

"그렇습니다. 아버님을 알고 계십니까?"

"응, 이것을 맡아 가지고 왔네."

관우는 옆에 놓아두었던 작은 주머니 안에서 한 통의 편지를 꺼내 호반에게 건네주었다.

그 편지를 읽은 호반은 크게 놀라며,

"하마터면 장군님을 죽일 뻔했습니다."

하고는 왕식의 흉계를 모두 털어놓았다.

"그런 계략을 세워 놓고 있었구나. 그건 그렇다 치고 잘 알려주었다. 그대는 우리의 생명을 구해준 은인이다."

호반에게 감사한 관우는 즉시 갑옷을 입고 종자들을 깨웠다.

두 형수를 수레에 태우고 청룡언월도를 끌어안고 적토마에 올라타자 뒷문으로 해서 숙소를 빠져 나왔다.

그것을 보고 호반은 병사들에게 장작과 잡목에 불을 붙이게 했다. 그러자 숙소는 순식간에 불길에 휩싸였다.

왕식은 병력을 이끌고 성문을 지키고 있었다. 숙소가 있는 방향에서 불길이 치솟아 오르는 것을 보고, '처치했다!' 하고 뛸 듯이 기뻐했다. 그러나 기쁨도 잠시, 적토마를 타고 달려온 관우의 청룡언월도가 그의 머리 위로 떨어졌다.

"아─악!"

왕식은 그 자리에서 즉사했다. 다른 병사들은 왕식이 죽자 모두 도망쳤다. 관우는 추격하지 않고 다시 길을 서둘러 황하 근처에 도착했다. 여기에는 나루터가 있는데, 진기(秦琪)라는 대장이 지키고 있었다.

"조장군님의 통행증을 갖지 않은 자는 건너 보낼 수 없다."

진기는 배를 내달라고 하는 관우의 부탁을 차갑게 거절했다.

"내가 가는 길을 가로막은 자는 모두 죽었다. 너도 그렇게 되고 싶으냐?"

관우는 청룡언월도를 '휙' 하고 휘둘러 보였다.

"네깐 놈한테 내가 당할 것 같으냐!"

화를 내며 진기는 말을 달려 창을 휘두르면서 관우에게 덤벼들었다. 하지만 몇 합도 겨루지 못하고 관우한테 목이 떨어지고 말았다.

"조용히 해라. 얌전하게 배를 내놓아라. 반항하는 자는 용서없이 죽인다!"

우왕좌왕하며 어쩔 줄 모르는 병사들을 진정시킨 관우는 배를 준비시키고 형수들과 함께 황하를 건넜다.

"드디어 여기까지 왔구나!"

수레를 강기슭에 올리고, 다시금 적토마에 올라 탄 관우는 휴우하고 안도의 긴숨을 내쉬었다.

동령관, 낙양, 기수관, 형양, 황하의 나루터 등 다섯 개의 관문*을 돌파하고 조조의 부하 장수를 여럿 죽였다. 그래서 조조에게 미안한 느낌이 들었다.

'아니, 조조에게는 언젠가 이 빚을 갚을 기회가 있을 것이다. 지금은 한시라도 바삐 형님을 만나지 않으면 안 된다.'

관우는 마음속의 답답한 생각을 떨쳐 버리고 유비가 있는 북쪽을 향해 길을 서둘렀다.

오관육참(五關六斬)

다섯 관문에서 여섯 명의 장수를 베었다는 뜻. 관우는 원소에게 의지하고 있던 유비를 만나기 위해 가던 중 길을 가로막는 다섯 관문의 장수 여섯 명을 죽였다. 관우의 역경을 이겨내는 용맹과 유비에 대한 신의, 그리고 충절의 모습을 상징하는 말이다. 경극에서는 '천리독행(千里獨行)'으로도 많이 쓰인다.

조조의 인재 경영술

조조의 인재 경영은 능력 위주로 이루어졌다. 주문왕이 강태공을, 유방이 진평을 기용했듯이 소문이나 평판에 아랑곳하지 않고 능력 있는 인재를 우선시했다. 공로가 있는 부하들을 후하게 대접하고 끊임없이 칭찬하거나 포상했다. 하위직에 있는 부하들의 충성을 높이 샀고, 자신의 성공 뒤에는 이름 없는 병사들의 노고와 피가 배어 있음을 피력했다. 자기에게 내려진 식읍이나 재물을 동고동락한 병사들에게 균등하게 나누어 주는 일을 즐겼으며 늘 병사들의 생활에 세심한 관심을 기울이고 보살폈다. 실적을 쌓은 실무자들을 높이 평가한 그는 그들의 후손까지 챙기는 배려를 아끼지 않았다.

조조는 실무자들의 실수에 대해서는 상당히 관대했다. 능력은 하루아침에 생겨나거나 만들어지지 않는다며 인재는 오랫동안 실천한 경험 속에서 그 재능이 단련되고 완성된다고 보았다. 한 번의 실수로 능력 있는 인재를 버리는 일을 애석하게 여겨 용서를 해 주므로 의기를 북돋아 앞날을 기약하는 행동을 유도해 냈다. 반면 자신의 앞날에 걸림돌이 되는 요소는 과감히 제거하는 결단력을 지니고 있었다. 변설가를 좋아하지 않았으며 특히 말로써 한몫 하려는 자들을 미워했다. 그는 자신의 의견을 분명하게 갖고 과감하게 실천에 옮기는 부하들을 좋아했으며 그런 행동을 권장했다.

형제들 다시 뭉치다

1

관우 일행의 여행은 그 뒤에도 계속되었다. 두 형수는 불안과 피로 때문에 드러누운 형편이었으며, 수레를 모는 종자들 얼굴에서 웃음이 사라진지 오래였다. 과연 유비가 있는 곳까지 무사히 도달할 수 있을까? 관우는 초조함을 억누르며 계속 북쪽으로 걸음을 재촉했다.

황하를 건너고 나서 며칠 뒤,

"장군님, 장군님. 잠깐 기다리세요!"

큰소리로 외치면서 북쪽에서 말을 타고 달려오는 자가 있었다.

'누구일까?'

관우가 말을 멈추고 기다리고 있으려니 달려온 것은 원소 진영으로 가서 유비의 근황을 탐색하겠다며 여남에서 헤어진 손건이었다.

"손공이구려. 그쪽 상황은 어떠하던가?"

손건은 흐르는 땀을 닦을 생각도 못하고, 황급히 말했다.

"주공님께서는 이미 원소 진영을 떠나 여남으로 가셨습니다."

"장군님이 철수하고 난 뒤, 유벽과 공도가 여남을 다시 탈환하였습니다. 그래서 주공님은 유벽과 공도를 우리 편으로 끌어들이겠다고 하며 원소 밑을 빠져 나온 것입니다. 왜냐하면, 참모 심배와 곽도가 주공님을 싫어하여 원소에게 이것저것 나쁘게 말하고 있기 때문에 언제 어느 때 변덕이 심한 원소한테 살해당할지 알 수가 없었기 때문입니다."

"그랬었군. 이대로 아무것도 모른 채 하북에 갔더라면 나도 위험할 뻔했네 그려."

관우는 뜻하지 않게 손건을 만나게 된 것을 기뻐했다. 두 형수에게 그 까닭을 얘기하고 손건의 길안내를 받으며 말머리를 돌려 여남[*]으로 향했다. 한참 남쪽 길로 되돌아가고 있는데 흙먼지가 피어오르고 3백 명 가량의 군사들이 뒤쫓아왔다.

"기다려라, 관우!"

맨 앞에 서서 큰소리로 외치는 것은 애꾸눈 대장 하후돈이었다.

"하후돈인가?"

여남(汝南)
여남은 전한에서 최대의 인구를 자랑했었다. 황건적의 난 이후 피해가 심해 황폐해졌지만 인구가 200만 명이 넘었던 곳이었다. 예주에 속해 있었고 현재의 하남성 평여의 북쪽이다.

관우는 손건에게 두 형수의 수레를 지키게 하여 먼저 보내고 하후돈을 기다렸다.

"무엇 때문에 나를 쫓아왔는가? 조장군님의 모처럼 호의를 백지로 돌릴 셈이냐?"

"닥쳐라. 조장군님으로부터 아무런 지시도 내려오지 않았다. 너는 관문의 대장들을 죽인데다가 내 부하인 진기까지 죽였다. 사로잡아 조장군님께 갖다 바치겠다!"

하고 소리치며 하후돈은 창을 들고 공격해 왔다.

관우가 청룡언월도로 맞받아치면서 두 사람은 흙먼지를 일으키며 치열한 싸움을 벌였다. 그때 한 기마 전령이 날듯이 달려왔다.

"기다리시오! 싸움을 중지하시오!"

기마 전령은 한 통의 문서를 흔들어대며 목청을 돋구어 외쳐댔다.

"조장군님의 분부시다. 관공이 가는 도중에 가로막는 일이 없도록 하라는 명을 내리셨다."

"관우가 우리 장수를 베고 다섯 관문을 돌파한 것을 조장군님께서는 알고 계시는가?"

하고 하후돈이 기마 전령에게 물었다.

"아니오. 분부는 그 이전에 내리신 것이오."

"그럴 것이라고 생각했다. 알고 계셨다면 그런 분부를 내리실 리가 없으니까."

하후돈은 내뱉듯이 말하고는 다시 창을 세워 관우에게 공격을 가했다.

두 사람이 말을 엇갈리며 불꽃을 일으키며 싸우고 있으려니, 또다시 조조의 사자가 달려왔다.

"조장군님께서는 관문을 지키는 대장들이 관공의 통행을 가로막을지도 모른다고 염려하셔서, 각 관문에 분부를 내리셨습니다."

"조장군님께서는 관우가 관문을 지키는 대장을 죽이고 병사에게 상처를 입힌 것을 알고 계시느냐?"

하후돈의 질문에 사자는 고개를 흔들었다.

"그렇다면, 이 녀석을 놓아 보낼 수야 없지!"

하후돈은 창을 다시 겨누더니 관우를 향하여 돌진해 갔다. 관우도 적토마의 배를 걷어찼다. 두 사람은 세 차례나 격돌했다. 사람과 말 모두 땀투성이가 되고, 흙먼지 때문에 눈을 크게 뜨기도 어려웠으나 조금도 물러서지 않았다.

그때 또다시 말발굽소리를 울리며 말을 달려온 장수가 있었다.

"하후돈 장군, 창을 거두고 물러나시오!"

하고 큰소리로 외치는 자를 보니 다름 아닌 장료였다.

"오오, 장료인가?"

하후돈은 그제서야 창을 거두었다.

"자네까지 무슨 볼일인가?"

"무슨 볼일이 아닐세. 조장군님께서는 관공이 관문의 대장들을 죽였다는 소식을 들으시고, 더 이상 희생자를 내지 않기 위해 즉각 통과시키도록 명하라고 나에게 분부하셨네."

"하지만 말일세. 관우에게 죽임을 당한 진기는 내 친구 채양의 조카인데, 채양이 잘 부탁한다고 특별히 나에게 맡긴 사람일세. 이 대로 관우를 보내면 채양을 볼 면목이 없네."

"그것은 내가 채양님을 만나서 얘기를 마무리를 짓겠네. 자네가 더 이상 관공과 싸운다면, 조장군님의 분부를 어기는 것이 되네."

그렇게까지 말하는 이상, 하후돈도 따르지 않을 수가 없었다. 마지못해 병사들을 뒤로 물리고 떠나갔다.

"관공, 방향이 틀린 것 같은데 어디로 가시는 길입니까?"

장료는 하후돈의 군사가 물러가는 것을 확인하고 나자 관우에게 돌아섰다.

"황숙님께서 원소 밑을 떠나 여남으로 향했다는 얘기를 듣고, 그 쪽으로 찾아 갈 생각이오."

"그러십니까? 조심해서 가시기 바랍니다."

"그대에게 큰 신세를 졌소. 고맙소. 허도로 돌아가면 조장군님께 전해 주오. 소중한 부하를 해친 것에 대해 사과를 드린다고. 그리고 이 은혜는 언젠가 반드시 갚겠다고 말일세. 그럼."

관우는 장료에게 작별을 고하고 적토마의 배를 걷어찼다.

손건과 두 부인의 수레는 약 5리 정도 앞에서 기다리고 있었다. 따라붙은 관우는 일의 자초지종을 얘기하고 나서 수레를 앞으로 나아가게 했다.

그로부터 이틀째, 일행은 언덕 기슭에 있는 큰 저택에서 하룻밤 묵었다. 주인은 곽상(郭常)이라는 노인이었는데, 관우의 이름을 듣자 기꺼이 음식을 대접하고 일행을 재워 주었다.

그날 밤, 사건이 일어났다. 누군가가 마구간으로 숨어들어가 적토마를 훔쳐 가려고 하다가 거꾸로 말의 발길질에 채인 것이다.

소동을 듣고 관우가 가보니, 말도둑은 곽상의 아들이었다. 제대로 일도 하지 않고, 나쁜 친구들과 놀러만 다녀 부모를 난처하게 만들고 있다는 얘기를 들은 관우는 화가 나 그 아들을 베어 버리려고 했으나 곽상이 눈물을 흘리며 살려 달라고 애원하여 용서해 주었다.

다음 날 아침, 곽상의 집을 떠난 일행은 이윽고 여남으로 통하는 산길로 접어들었다. 한참을 가니 돌연 산 속에서 100명 가량의 산적떼가 뛰쳐나왔다. 선두의 사나이는 머리에 노란색 천을 두르고 있었다.

"나는 천공장군 장각 밑에서 대활약을 하던 대장이다. 목숨이 아까우면 모두들 무릎을 꿇어라!"

"그러고 보니까 황건적의 잔당이구나. 그렇다면 나를 모를 리가 없을 것이다."

관우는 한바탕 웃고 배까지 늘어진 수염을 쓰다듬어 보였다.

"붉은 얼굴에 긴 수염이라고 하면…… 앗! 그러면 관우 장군님이신가!"

사나이는 굴러 떨어지듯이 말에서 내렸다. 그리고는 뒤쪽에서 곽상의 아들을 불러내 관우 앞에 꿇어 앉혔다.

"저는 배원소라고 합니다. 장각이 죽은 뒤에 산적이 되었습니다만, 오늘 아침에 얼굴을 알고 있는 이 녀석이 찾아와, '훌륭한 명마를 가진 나그네가 이제 곧 이리로 온다. 그 말을 빼앗아 팔아먹으면 큰 돈이 될 것이다'라고 하여, 관우 장군님이신 줄도 모르고 서툰 짓을 하게 된 것입니다. 참으로 죄송합니다."

배원소가 사과하자 곽상의 아들도 땅에 머리를 비벼대며 잘못을 빌었다.

"네 부친을 보아서 목숨은 살려준다. 두 번 다시 부모님을 괴롭히는 짓은 하지 말아라."

관우는 곽상의 아들을 용서해 주고,

"자네도 산적 같은 짓은 그만두고 정직하게 살아가게."

하고 배원소를 타일렀다. 그때였다. 손건이,

"누군가가 온다!"

하고 뒤쪽에서 흙먼지가 피어오르는 것을 보고 소리쳤다.

"저것은 주창(周倉)이 틀림없습니다."

하고 배원소가 말했다.

"저의 동료인데, 이 근처에 있는 와우산에 성채를 쌓고 역시 산적 노릇을 하고 있습니다. 관우 장군님을 흠모하며 항상 장군님 얘기를 하곤 했습니다. 그래서 저도 장군님을 알게 되었습니다."

얘기를 하고 있는 사이에 얼굴빛이 검고 키가 큰 사나이가 말을 타고 달려왔다. 사나이는 관우를 보자 말에서 뛰어 내려 그 앞에 무릎을 꿇었다.

"주창이라는 사람인가?"

"그렇습니다. 옛날 황건의 장보 밑에 있었습니다. 그 무렵부터 장군님의 무용을 동경하고, 언젠가 장군님을 꼭 모시고 싶다고 결심하고 있었습니다. 이번에 이곳을 지나가신다는 말을 듣고, 이야말로 하늘이 내려 준 기회라고 생각하여 이렇게 달려 왔습니다. 부디 저를 수하로 거두어 주십시오."

주창은 이마를 땅바닥에 대고 진심을 다해 부탁했다.

2

관우는 주창의 열의에 감동했다. 두 형수의 허락을 받아 주창을 수행원으로 쓰기로 했다. 그러자 배원소도 함께 따라 가겠다고 졸라 대기 시작했다.

"자네까지 따라와 버리면 부하들을 통제할 사람이 없어 다시 나쁜 짓을 할 것일세. 내가 황숙님과 만나 정착할 장소가 정해지면 반드시 사람을 보낼 테니까 그때까지만 기다려 주게."

관우는 알아듣도록 설득했다.

배원소는 낙담했으나 할 수 없이 부하들을 이끌고 본거지인 산채로 되돌아갔다.

이렇게 해서 주창을 받아들인 관우 일행은 다시 여남을 향해 여행을 계속했다.

며칠 뒤, 앞쪽의 산 중턱에 오래된 성 하나가 우뚝 솟아 있는 것이 보였다. 깃발이 나부끼고 연기가 피어오르고 있었다. 군대가 주둔하고 있는 것 같았다. 관우는 주창에게 상황을 탐색하게 했다.

주창은 사방을 뛰어 다니며 그 고장 사람들한테 얘기를 들었다.

"저 성은 오래된 옛날 성으로 아무도 살고 있지 않았는데, 반년 전쯤 눈이 동그랗고 호랑이 수염을 기른 대장이 수십 명의 부하들을 데리고 어딘가에서 나타나 그대로 주저앉았다고 합니다. 그리고 나서는 사방에서 산적이나 불량배들을 모으고 말을 사들이고 군량을 비축하여 이제는 3, 4천 명의 병력이 되었으므로 아무도 손을 대지 못하고 있다고 합니다."

"장비다. 장비임에 틀림 없다!"

하고 관우는 자기도 모르게 손뼉을 쳤다.

"손공, 저 성에 가서 장비에게 형수님들을 마중하러 오라고 전해 주게."

"알았습니다."

손건은 즉시 말에 채찍질을 가해서 고성으로 달려갔다.

관우가 예상한 대로 그곳에 자리잡고 있었던 호랑이 수염 대장은 장비였다. 조조군을 야습하다가 패해 간신히 도망친 장비는 한동안 망탕산에 숨어 있었으나, 유비의 행방을 찾으려고 산을 내려와 여기저기로 찾으며 돌아다니던 중에 이곳을 지나가다 자리를 잡고 장래를 대비해 군사를 모으고 있었던 것이다.

"손건, 살아 있었느냐?"

달려들어 온 손건을 보고 장비는 크게 기뻐하였으나, 관우가 부근까지 와 있다는 말을 듣는 순간 아무 말도 하지 않고 벌떡 일어섰다. 그리고는 옆에 놓아두었던 장팔사모를 움켜쥐더니 말에 올라타 단숨에 산을 내려갔다.

이쪽의 관우는 산을 달려 내려오는 장비를 발견하고 너무나 기뻐 서둘러 마중나갔다. 그런데 장비는 눈을 더욱 동그랗게 뜨고, 호랑이 수염을 거꾸로 세우고는 관우를 향해 다짜고짜 장팔사모를 휘둘렀다.

관우는 간신히 몸을 피했다.

"무슨 짓을 하는 거냐? 나를 죽일 생각이냐!"

"그렇다. 네가 조조에게 항복을 하고, 허도에서 호사로운 생활을 했다는 것은 내 귀에도 똑똑히 들어왔다. 도원의 맹세를 헌신짝처럼 저버리고 형님을 배신한 놈, 조조에게 꼬리를 흔든 네 놈을 찔러 죽이지 않고는 도저히 화가 풀리지 않는다!"

"기다려라, 장비. 그것은 네 오해다!"

관우가 아무리 소리쳐도, 또 두 형수와 나중에 달려온 손건이 필사적으로 설명을 하려고 해도 장비는 귀 기울이려고 하지 않았다. 장팔사모를 휘둘러대며 악을 바락바락 썼다.

"네 놈이 여기에 온 것은 조조한테 나를 죽여 달라는 부탁을 받고 온 것이 틀림없다. 좋고 말고! 얼마든지 상대를 해 주겠다!"

"바보 같은 소리 집어 치워라. 너를 죽이려면 1천 명의 병사는 필요할 텐데, 나 혼자 올 리가 있겠느냐?"

"그렇다면, 저것은 무엇이냐?"

장비가 손을 획 쳐들었다. 관우가 돌아다보니 먼 곳에서 흙먼지를 일으키면서 일단의 병력이 육박해 오는 것이 보였다. 바람에 휘날리고 있는 것은 조조군의 깃발이었다.

"이래도 아직 나를 속이려고 하느냐!"

"기다려라. 저 군사를 이끌고 있는 대장을 내가 죽인다면, 네 의심이 풀릴 것 같으냐? 어떠냐?"

"좋다. 그럼, 내가 큰북을 세 마당(큰북을 한바탕 연타하는 것을 한 마당이라 하고, 그 치는 회수는 330회다. 그러므로 세 마당이면 1천회쯤 된다.) 치는 동안에 저 놈을 베어 봐라."

"좋다."

관우는 고개를 끄덕이고, 다가오는 조조군 쪽으로 달려갔다.

"나는 관운장(關雲長)이다. 나에게 무슨 볼 일이 있는가?"

"이놈, 관우야, 네가 내 조카를 죽였지?"

맨 먼저 말을 달려나온 것은 진기의 숙부인 채양(蔡陽)이었다.

"네 놈의 목을 내가 베어 주겠다."

채양은 큰 칼을 무섭게 휘둘렀다.

'둥둥둥 둥둥둥' 하고 큰 북 소리가 맹렬한 기세로 울리기 시작했다.

관우가 적토마의 배를 걷어찼다. 그러자 적토마는 화살처럼 채양을 향해 달려갔다. '휘익' 하는 칼날의 울림이 주위의 공기를 갈랐다.

"자아, 받아라!"

어느새 장비의 발치에 채양의 목이 나뒹굴었다. 한 마당째의 큰 북이 아직도 계속 울려대고 있었다.

관우는 즉시 말 머리를 돌려 채양의 군사들을 향해서 달려갔다. 대장을 잃은 군사들은 싸울 기력이 없어져 사방으로 뿔뿔이 도망쳤다. 미처 도망가지 못한 병사를 붙잡아 물어보니 채양은 조카를 죽인 관우를 원망하고, 조조의 허가도 받지 않은 채 관우를 치러 왔다고 했다.

그 병사의 입을 통해 관우가 허도에서 두 형수를 지키고 있었던 일과, 허도를 떠날 때 조조로부터 받은 선물을 전부 놓아두고 왔다는 것 등이 밝혀졌다.

"미안하우, 형. 내가 오해를 했소."

장비는 계면쩍은 듯이 머리를 숙였다.

"자네는 옛날부터 지레짐작하다가 실패하곤 했잖은가."

관우는 쓴웃음을 지으면서 그 머리를 쥐어박았다.

그때였다. 한 무리가 달려왔다. 미축과 미방 형제였다. 그 두 사람도 서주가 조조에게 함락당하자 고향으로 낙향하여 유비의 행방을 찾고 있었는데, 우연히 만난 행상인으로부터 장비의 소문을 듣고 물어물어 찾아왔던 것이다.

일동은 감부인과 미부인을 고성으로 맞아들이고 재회를 축하하는 연회를 열었다. 그 자리에서 두 형수한테서 관우의 고생담을 상세히 들은 장비는 눈물을 흘리며 의심했던 것을 사과했다.

3

다음 날, 관우는 병사들을 거느리고 손건을 안내인으로 삼아 여남으로 향했다. 하지만 간발의 차이로 유비를 만나지 못했다. 유비는 여남에 오기는 했으나, 유벽과 공도의 병력이 생각보다 적어 3일 전에 하북의 원소에게 다시 돌아갔다는 것이었다.

관우는 크게 낙담했으나 할 수 없이 일단 고성으로 되돌아갔다가 다시 하북으로 향하기로 했다.

"형은 안량과 문추를 죽여 원소한테 미움을 사고 있소. 그러니까 하북으로 다시 가는 것은 위험하니 이번에는 내가 가겠소."

하고 장비가 주장했으나 관우는 고개를 흔들었다.

"이 성은 우리가 재기하기 위한 소중한 근거지일세. 형님을 이곳으로 모셔 올 때까지 자네가 단단히 지켜줘야 하네."

관우는 주창(周倉)을 불렀다.

"배원소에게는 어느 정도의 부하들이 있는가?"

"4, 5백 명은 됩니다."

"그렇다면, 그대는 지금부터 가서 배원소와 의논을 하여 내가 황

숙 형님을 모시고 그곳을 지나갈 때 수하의 부하들을 이끌고 마중나
오게 하라."

"알았습니다. 곧 전하겠습니다."

주창은 배원소와의 약속을 잊지 않은 관우의 배려에 감격하여 몇
번씩 절하고 나서 먼저 떠났다.

뒤이어 관우는 20기 가량의 부하를 이끌고 손건과 함께 하북으
로 향했다.

기주와의 경계에 도착하자 손건이 말했다.

"장군님께서 기주에 들어가는 것은 역시 위험합니다. 제가 혼자
주공님을 뵙고 의논하여 빠져나오겠습니다."

"알았네. 나는 이 근처에 숙소를 정하고 그대가 돌아오기를 기다
리고 있겠네."

관우는 손건과 헤어지자 종자들과 함께 부근 마을로 가서 큰 저
택을 찾아가 하룻밤 신세를 부탁했다. 집주인은 관정(關定)이라고
자신을 밝히며, 관우와 같은 성을 가진 것을 항상 영광으로 알고 있
었다며 크게 환대하고 기꺼이 머물러 있게 해 주었다.

한편, 혼자 기주로 들어간 손건은 오래지 않아 유비를 만날 수가
있었다.

손건에게 지금까지의 경위를 들은 유비의 기쁨은 이루 말할 수
없이 컸다.

당장이라도 떠나고 싶었으나 원소의 참모 심배와 곽도가 경계하고 있기 때문에 경솔하게 움직일 수가 없었다. 그래서 바로 최근에 원소 밑에 몸을 의탁해 온 옛날 가신 간옹(簡雍)을 은밀히 불러 세 사람이 의논했다.

다음 날, 원소 앞에 나간 유비는 미리 의논한 대로,

"형주의 유표는 많은 군사를 거느리고 군량 역시 풍부하게 비축하고 있습니다. 유표와 손을 잡고 남북에서 동시에 조조를 치면 좋을 것이라고 생각합니다. 다행히 저는 유표하고는 같은 종족이니까, 가서 설득을 하면 동맹을 승낙할 것이 틀림없습니다."

하고 원소의 동의를 구했다.

"유표에게는 이전에 사자를 보내 동맹을 부탁했지만 거절당했소. 유비공이 가서 동맹을 얻어낼 수만 있다면 크게 도움이 될 것이오."

하고 원소는 몹시 기뻐하면서 유비에게 상당수의 수행원까지 내주며 형주로 가도록 했다.

유비가 물러나자 교대로 원소 앞에 간옹이 나타났다.

"유비에게 형주에 가도록 명하신 모양입니다만, 일단 가면 돌아오지 않을 우려가 있습니다. 제가 함께 가서 감시를 하면 어떨까 하고 생각합니다만……."

이것도 미리 의논한 대로였는데, 원소는 '그것 참 좋은 생각이다'라고 하면서 간옹의 의견을 받아들였다.

나중에 이를 안 곽도가 원소에게,

"유비는 기주를 떠나고 싶어했습니다. 형주에 가면 두 번 다시 돌아오지 않을 것입니다. 지금 당장 뒤쫓아 가서 데려오는 것이 좋지 않겠습니까?"

하고 진언했으나 원소는,

"아니다. 간옹이 붙어 있으니 걱정할 것 없다."

하고 속아 넘어간 것도 모른 채 고개를 좌우로 흔들었다.

이렇게 하여 원소 진영을 빠져 나온 유비는 간옹과 함께 기주의 경계를 향해 걸음을 재촉했다. 그곳에는 관우에게 알리기 위해 먼저 떠났던 손건이 마중나와 있었다.

"무사히 잘 빠져 나오셨습니다. 관장군님이 기다리고 있습니다."

유비는 손건의 안내로 관정의 저택으로 향했다. 집 가까이 다가가자 문 앞에 관우가 서 있었다. 유비는 말에서 내렸다. 그러자 관우가 달려왔다. 두 사람은 말없이 한참 동안 손을 맞잡고 있었다. 유비의 눈에도, 관우의 눈에도 눈물이 맺혀 있었다.

이윽고 일행은 집 안으로 들어가 조촐한 주연을 열었다. 주인 관정이 두 아들을 데리고 인사를 하러 왔다.

"장남은 관녕(關寧)이라고 하고 차남은 관평(關平)이라고 합니다. 관녕은 학문을 하고 관평은 무예를 익히고 있습니다. 부탁입니다만 차남 관평을 관우 장군님께 맡기고 싶습니다. 어떻겠습니까?"

유비가 고개를 끄덕이며 관평에게 물었다.

"아주 훌륭한 젊은이 같은데 올해 몇 살인가?"

"18세입니다."

"그렇다면, 관우 동생에게는 아직 아들이 없으니 아예 양자로 주시는 것이 어떻겠습니까?"

하고 관정에게 묻자 크게 기뻐하고, 관우도 관평이 마음에 들었기 때문에 이야기는 즉시 결말이 났다. 관평은 그 자리에서 관우와 부자의 인연을 맺었다.

일행은 다음 날 아침 일찍 고성을 향해 출발했다. 다행히 아무런 탈 없이 와우산 기슭에 도달했다. 그런데 마중나와 있어야 할 주창과 배원소가 없었다. 무슨 일일까 하고 궁금해 하고 있는데 부상당한 주창이 수십 명의 부하들과 함께 도망치듯이 산에서 뛰어 내려왔다.

"무슨 일인가?"

관우가 물으니까 주창은 숨을 헐떡이면서 대답했다.

"제가 도착하기 전에 한 사나이가 찾아와 배원소와 승부를 하여 단 일격으로 찔러 죽이고, 산채를 빼앗아 버렸습니다. 괘씸해서 옛날 부하들을 이끌고 습격을 했지만 엄청나게 강한 놈이어서 무참하게 패배를 당해 이 꼴이 되고 말았습니다."

주창의 말이 채 끝나기도 전에 창을 옆구리에 낀 사나이 하나가 말을 달려 산에서 내려 왔다.

"저 놈입니다, 저 놈!"

주창이 손가락질을 하는 것과 동시에 유비가 소리쳤다.

"오오, 조운(趙雲), 자룡 아닌가?"

사나이는 깜짝 놀라 말에서 뛰어 내리더니 길바닥에 무릎을 꿇었다. 공손찬 밑에 있던 조운이었다.

"오래간만이군. 지금까지 무엇을 하고 있었는가?"

"네, 공손찬이 멸망한 뒤 유비님을 찾아가려고 했습니다만, 서주가 함락되고 유비님은 행방불명이 되었고, 더군다나 관우님이 조조에게 항복했다는 얘기를 듣고 어디에도 갈 곳이 없어 여기저기를 떠돌고 있었습니다. 우연히 여기를 지나가게 되었는데 산적 무리가 제 말을 빼앗으려고 했기 때문에 목을 베고 산채에 머물던 중이었습니다."

"그대를 만나니 이렇게 기쁠 수가 없네."

"저는 유비님을 모실 수만 있다면 어떻게 죽더라도 여한이 없습니다."

조운은 얼굴을 쳐들고 단호히 말했다.

이렇게 해서 조운까지 합세한 일행은 이윽고 고성*에 도착했다. 유비는 두 부인과 장비와 만나 기쁨의 눈물을 흘렸다. 또 두 부인이 관우의 성실함과 고생을 자세히 얘기하자 새삼스럽게 관우의 손을 잡고 눈물을 흘렸다. 의형제 재회의 축연은 며칠 동안 계속되었다.

마침내 유비 밑에 관우, 장비, 조운, 손건, 간옹, 미축, 미방, 관평, 주창 등의 인물 진용이 갖추어지고, 모두 합쳐 5천 명의 병사가 모였다.

유비는 유벽과 공도가 있는 여남으로 옮겨, 그곳을 근거지로 삼아 병력을 모집하고 말을 사들여 다시금 세력을 확장하기 시작했다.

유비가 여남에서 병력을 기르고 있다는 소문이 마침내 원소의 귀에 도달했다. 유비한테 감쪽같이 속아 넘어갔다는 것을 알고 원소는 격분했다. 군사를 일으켜 여남을 공격하겠다고 큰소리를 쳤으나 곽도가 만류했다.

"유비 따위는 피부에 생긴 부스럼 딱지 정도의 상처입니다. 내버려 두어도 걱정할 필요 없습니다. 조조야말로 심복대환의 큰 적입니다. 강동의 손책은 최근에 세력을 크게 떨치고 있으니까, 손책과 손을 잡고 힘을 합쳐 남과 북에서 일제히 조조를 공격하는 것이 좋을 것 같습니다."

원소는 곽도의 의견을 받아들여 편지를 써서 진진을 사자로 삼아 손책에게 보냈다.

물론 동맹을 맺고 남과 북에서 함께 조조를 치자는 제의였다. 북방의 실력자 원소, 이제 강동의 호랑이로 하루가 다르게 세력이 뻗어나가고 있는 남방의 신흥 강자, 손씨 군벌이 어떻게 관계를 맺을 것인가?

고성
현재의 하남성 확산 북쪽에 위치해 있었다고 연의에서 전하고 있다. 하지만 삼국시대에는 이러한 현이 없었으므로 나관중이 연의에서 창작한 것으로 보여진다.

벽안아 손권의 등장

1

장강 하류의 남쪽 연안에 펼쳐진 강동 땅은 기후가 온난하고 토지가 비옥했다. 옛날부터 '오(吳)'라고 불리는 이 지방을 평정하고 나서 5년간, 손책(孫策)은 군량을 비축하고 병사를 단련시켜 그 세력은 점점 더 번창하게 되었다.

원소의 사자로 찾아온 진진도 손책 진영의 강성함과 기세등등함에 놀라고 있었다. 장강의 항구에는 여러 지방의 배들이 출입하여 물건이 넘쳐났고, 거리에는 활기가 가득하며, 오가는 사람들도 기력이 충만한 얼굴들을 하고 있었다.

자못 앞으로 뻗어 나가는 젊은 힘을 느끼게 했다. 더구나 강동을 다스리는 손책은 패기 이상으로 지모를 지니고 있었다.

"우리의 주공 원소님은 손책님과 힘을 합쳐 조조를 협공했으면

하고 간절히 원하십니다."

진진이 원소의 말을 전하자, 손책은 몹시 기뻐했다.

"조조 놈, 마치 황제라도 된 듯이 우쭐대더니……. 그럽시다. 남 북에서 일제히 공격하여 혼쭐을 내주는 것이 좋겠소."

손책은 얼굴이 새빨갛게 붉어져서는 들뜬 목소리로 조조를 비난 하기 시작했다. 그러자 장소(張昭)를 비롯한 측근 참모들이 그런 손책을 전전긍긍하며 지켜보고 있는 사실을 진진은 깨달았다.

실은 약 한 달 전에, 손책은 자객의 습격을 받아 거의 죽게 될 정 도의 중상을 입었던 것이다.

일의 시작은 손책의 야심이 일찍 발동했기 때문이었다.

손책은 오래전부터 대사마(大司馬)*의 지위를 원하고 있었다. 대사마는 군사령관으로 대장군에 버금갈 정도로 높은 지위다. 조정 은 여하튼간에 조조가 그런 높은 지위를 손책에게 내리는 것을 허용 할 리가 없었다.

"손책은 사자 새끼다. 사자 새끼의 머리를 쓰다듬어 줄 바보가 어디 있겠는가?"

대사마(大司馬)

원래는 병권을 쥔 최고 실력자에게 주던 칭호이다. 한무제 때는 승상(丞相)보다 위에 있었던 지위였다. 그 후 애 제(哀帝) 때 승상의 이름을 없애고 대사도(大司徒)라 칭했으나 여전히 대사마의 지위는 대사도 상위에 있었고, 대사공(大司空)과 함께 삼공(三公)이라 칭하여 최고의 위치에 있었다. 그 후로 후한 시대에 이르러서 대사마를 태위(太尉)로 개칭하고 사도(司徒), 사공(司空)과 함께 삼공이라 하였다.

조조는 손책의 기대를 짓밟아 버렸다.

손책은 이 때문에 조조를 깊이 원망하고 있었다. 틈을 노려 허도로 쳐올라 가려고 준비를 하기 시작했다. 오군(吳郡) 태수 허공(許貢)이 이 사실을 알았다.

손책은 조장군님을 원망하고 허도를 치려 준비하고 있습니다. 내버려 두면 위험합니다. 지금 어떻게든 손을 쓰는 쪽이 좋을 것 같습니다.

허공은 이런 내용의 편지를 써서 조조에게 보냈는데 편지를 지참한 사자가 장강을 건너가다 경비병에게 붙잡혀 손책 앞으로 끌려갔다. 편지를 읽은 손책은 소문이 퍼지지 않도록 은밀하게 허공을 잡아 죽여 버렸다.

그러자 허공에게 신세를 지고 있던 세 명의 사나이들은 이에 복수를 다짐했다.

"손책 놈, 우리 주인을 죽이다니⋯⋯. 절대로 용서하지 않겠다. 이 원수를 반드시 갚아 주마!"

사나이들은 허공의 원수를 갚으려고 손책의 허점을 노렸다.

어느 날, 손책은 부하들을 이끌고 사냥을 하러 나갔는데 사슴 한 마리가 몰이꾼에게 쫓겨 산속에서 나왔다. 그 사슴을 쫓아가다 보니 어느새 손책은 혼자 산 위로 올라가게 되었다. 그때 숲속에서 화살 하나가 날아와 손책의 얼굴에 꽂혔다. 동시에 두 사나이가 뛰쳐나와 창으로 손책을 찌르려고 했다.

"허공님의 원수야, 맛 좀 보아라!"

손책은 혼자 분투했으나 사나이들에게 온몸을 마구 찔려 말에서 굴러 떨어졌다. 때마침, 손책의 부하들이 달려와 세 명의 사나이를 베어 죽이고 그를 구해 냈다.

손책의 부상은 매우 심했지만 목숨만은 건졌다. 하지만 화살에 독이 칠해져 있었기 때문에 회복이 쉽지 않았다.

"100일 동안은 절대적으로 안정을 취하지 않으면 안 됩니다. 만일 화를 내시거나 흥분을 하시거나 하면 상처가 다시 터져 큰일납니다."

하고 의원이 충고했다.

진진이 도착했을 때에는 상처가 아물기 시작하여 손책의 건강 상태가 상당히 호전되어 있었다. 그런데 원소 진영과 동맹하여 조조를 무찌르자는 이야기가 나오자 성미 급한 손책이 흥분하는 것을 보고 참모들은 자칫 상처 자국이 터질까봐 걱정하고 있었던 것이다.

다행히 손책은 떠드는 것을 멈추고 즉시 성루에 연회 자리를 마련하여 진진을 융숭하게 대접했다.

"나는 강동을 다스리는 것만으로 만족하지 않소. 조조를 치고 천하의 제후들을 내 발 밑에 무릎을 꿇게 하는 것이 나의 꿈이오."

손책은 기분이 좋아지자 그런 기염까지 토했다.

주위의 참모들도,

"그때가 기다려집니다!"

하고 손책을 치켜세우고 있었으나 어찌된 속셈인지 도중에 슬금슬금 자리에서 일어나 모두 아래쪽으로 내려가 버렸다.

"도대체 무슨 일이냐?"

손책은 불쾌한 얼굴로 옆에 시립해 있는 종자에게 물었다.

"방금 성문 아래 우길(于吉) 선인이 지나가시기 때문에 모두들 배알하러 간 것입니다."

종자의 대답에 손책은 자리에서 벌떡 일어나 성루 아래를 내려다보았다.

학의 깃털로 만든 옷을 입은 도인같은 노인이 굵은 지팡이를 짚고 길 한가운데에 서 있었다. 그리고 손책의 참모들이 그 앞에 합장하며 절을 하고 있는 모습이 눈에 들어왔다.

손책의 눈썹이 치켜 올라갔다.

"백성들을 현혹시키는 못된 영감이다. 당장 붙잡아 오너라!"

참모들이 자기 이외의 인간 앞에 공손히 절하는 것을 도저히 용서할 수 없다는 표정이었다.

종자는 망설였으나 잡아 오지 않으면 베겠다고 해서, 할 수 없이 성루를 내려가 우길을 데려 왔다.

"네 이놈, 무엇 때문에 백성들을 현혹시키느냐!"

손책이 눈에 노기를 띠고 고함을 치자, 우길은 전혀 두려움 없이 태연히 바라보았다.

"나는 젊었을 때 산으로 들어가 약초를 캐고 있었는데, 그때 신령스런 서적을 손에 넣게 되었습니다. 거기에는 갖가지 병을 고치는 방법이 쓰여 있었습니다. 그 이후 많은 백성들의 병을 고쳐주고 괴로움으로부터 구해 주었습니다. 백성들을 현혹시킨 일은 한 번도 없습니다."

"닥쳐라! 모든 병을 고칠 수 있는 자는 이 세상에 존재하지 않는다. 그런 거짓말을 퍼뜨리는 것이야말로 사람들을 현혹시키고 있다는 증거다. 어서, 이놈의 목을 쳐라!"

그때 좌우에 있는 참모들 가운데서 장소가 나와 간곡히 만류했다.

"우길 선인은 강동에서 수십 년이나 살았지만 법을 어긴 일이 없습니다."

"또한 많은 백성들이 흠모하고 존경하고 있습니다."

다른 참모들도 만류하고 진진도 죽이지 말도록 거들었기 때문에, 손책은 일단 우길을 감옥에 넣으라고 명했다.

그 소동으로 연회가 중단되었다. 진진은 숙소로 돌아오고 손책도 돌아갔다.

우길이 감옥에 갇혔다는 소식이 손책의 가족에게도 전해졌다. 어머니 오부인은 저택으로 돌아온 손책을 불러들였다.

"우길님을 감옥에 가뒀다는 소문이 사실이냐?"

"네, 하옥시켰습니다."

"어째서 그런 짓을 했느냐? 그분은 많은 사람들의 병을 고쳐주시는 고귀한 선인이시다. 해를 가해서는 안 된다."

"어머님도 그 늙은이를 믿고 계시는 겁니까?"

손책은 또다시 불쾌한 기분이 되었다.

"그 놈은 요사스런 술법으로 사람을 현혹시키고 있습니다. 이대로 살려 두어서는 안 됩니다."

"아니, 무슨 소리를 하는 게냐? 그분을 죽이거나 한다면 무서운 벌을 받게 될 게다."

"어쨌든, 그 늙은이의 일은 저에게 맡겨 주십시오. 다 생각이 있으니까요."

손책은 그렇게 말하고 어머니 앞에서 물러나왔다.

다음 날, 손책은 우길을 감옥에서 끌어내오게 했다. 그런데 단단히 채워 놓았던 항쇄(목에 채우는 차꼬)와 족쇄(발에 채우는 차꼬)가 풀려 있었다. 옥지기도 우길을 흠모하고 있었기 때문에 풀어 놓았던 것이다.

"네 이놈, 옥지기마저 현혹시켰구나!"

화가 난 손책이 칼을 빼들어 우길을 베려고 했을 때, 장소가 수십 명의 참모들과 함께 탄원서를 가지고 달려왔다. 그리고는 손책 앞에 무릎을 꿇고 우길의 목숨을 살려 달라고 빌었다.

"학문을 닦았을 터인 그대들이 이 놈의 요사스런 술법에 현혹되어 있다니 참으로 한심스럽다. 이런 놈을 그냥 방치해 두었다가는 나라가 망한다. 그것을 그대들은 모르겠느냐?"

손책은 격분하여 다시 우길을 죽이려고 했다.

그러자 여범(呂範)이 앞으로 나왔다.

2

"우길 선인은 비나 바람을 부를 수 있다고 합니다. 지금은 가뭄이 심해 백성들이 모두 고통을 받고 있습니다. 우길 선인에게 기우제를 지내게 하여 비가 내리면 용서해 주시기로 하면 어떻겠습니까?"

"그렇다면, 그렇게 하도록 하라."

손책은 고개를 끄덕이고 칼을 거두었다.

즉시 성문 앞 광장에 기우제 단이 만들어졌다. 우길은 의복을 갈아입고 몸을 새끼줄로 묶고 단 위로 올라갔다.

손책은 정오가 되어도 비가 내리지 않으면 우길을 불태워 죽이라고 명하고, 단 주위에 마른 잡목을 높이 쌓아 놓게 했다.

많은 사람들이 몰려와 광장을 가득 채우고 쨍쨍 내려쬐는 햇빛 속에 서 있는 우길을 지켜보았다.

정오가 가까워졌다. 갑자기 맹렬한 돌풍이 일어나고, 사방에서 검은 구름이 뭉게뭉게 피어 올랐다. 하지만 비는 내리지 않았다.

"이미 정오다. 불을 붙여라!"

하고 손책이 명했다. 마른 잡목에 불이 붙여졌다. 그러자 순식간에 타올라 시뻘건 불길이 우길의 몸을 감쌌다.

그런데 바로 그때, 검은 연기 한 줄기가 하늘 높이 치솟아 오르는가 싶더니 천둥소리가 울리고 번개가 번뜩이며 비가 쏟아져 내리기 시작했다. 비는 2시간 가량이나 계속 내려 주위가 순식간에 강처럼 변했다.

이윽고 단 위에서 커다란 외침소리 한마디가 들려 왔다. 그러자 비가 뚝 그치고, 구름도 사라지고, 태양이 얼굴을 내밀었다. 보니까 어느 틈엔가 새끼줄이 풀려 있고 우길은 잡목 더미 위에 큰 대자로 누워 있었다.

사람들은 물에 흠뻑 젖은 것도 아랑곳하지 않은 채 앞을 다투어 달려가 우길을 단에서 모셔 내리더니 그 앞에 무릎을 꿇고 절을 했다.

손책은 그 모습이 자신에 대해 반항하는 것처럼 여겨졌다.

"늙은 놈을 죽여라!"

손책은 주위 사람들이 제지하는 것도 뿌리치고 병사에게 명하여 우길의 목을 치게 하고, 시체를 전시하여 본보기로 삼았다.

그날 밤이 되자 비가 억수같이 내리고 바람이 세차게 불어댔다.

새벽녘에 우길의 시체를 지키던 병사가 새파랗게 질린 얼굴로 손책에게 달려와 우길의 시체가 어느 틈엔가 사라져 버렸다고 보고했다.

"거짓말을 하지 마라. 네 녀석이 어딘가에 숨겼겠지?"

화가 난 손책이 칼을 들었을 때, 누군가 소리도 없이 거실로 들어왔다. 보니까 우길이었다.

"이놈, 요술쟁이 늙은이구나!"

손책이 칼을 내려치는 순간, 비명을 지르며 바닥에 쓰러져 정신을 잃고 말았다.

손책이 의식을 되찾은 것은 그로부터 몇 시간 뒤의 일이었다. 어머니 오부인이 걱정이 되어 달려왔다.

"그대는 죄도 없는 우길님을 죽였기 때문에 벌을 받은 것이다. 그러니 서둘러 제사를 지내고 용서해 달라고 빌어라."

"저는 싸움터에서 수많은 사람을 죽였지만 벌 같은 것은 받아본 적이 없습니다. 용서를 비는 일 같은 것은 딱 질색입니다."

손책은 고개를 흔들었으나, 오부인이 필사적으로 매달렸기 때문에 그리 하겠다고 약속했다.

다음 날, 손책은 수행원을 데리고 제사를 지내기 위해 절에 갔다. 본당으로 들어가 향을 피우니, 그 연기가 우길의 모습이 되었다. 손책은,

"눈에 거슬린다. 썩 꺼져라!"

하고는 칼을 빼서 우길을 향해 던졌다. 칼이 우길의 가슴을 관통하자 우길은 피를 뿜어내며 털썩 쓰러졌다. 그러나 자세히 보니까 그것은 우길의 목을 벤 병사였다.

"이놈, 또 요술을 부렸구나!"

손책이 핏발선 눈으로 주위를 둘러보니 법당 천장에 우길이 올라가 있었다.

"불을 질러라!"

손책은 병사에게 명하여 법당까지 불태워 버렸다. 이런 일이 계속되자 원소의 사신 진진은 하는 수 없이 빈손으로 강동을 떠났다.

이후 매일 밤 손책 앞에 우길이 나타났다. 어떤 때는 머리칼을 흩어뜨리고 뛰어다니고 어떤 때는 베개 맡에 서서 얼굴을 들여다보았다. 비웃으며 손책의 침소 천정을 걸어다닐 때도 있었다. 손책은 밤새도록 고함을 치고 악을 쓰고 칼을 휘둘러대다가 아침이 되면 방바닥에 쓰러져 있었다. 손책은 나날이 수척해지고 웃음을 잃어 갔다.

어느 날 아침, 거울을 보던 손책은 아연실색했다. 뺨이 홀쭉해지고 눈이 쑥 들어가 있는 것이 마치 노인의 얼굴과 같았다.

'내가 어째서 이렇게 야위어 버렸을까……'

그때 거울 속에 우길의 얼굴이 나타났다.

"이놈, 아직도 따라다니느냐!"

손책은 버럭 소리를 지르며 거울을 방바닥에 내던졌다. 그 순간, 상처 자리가 터져 버렸다. 손책은 비명을 지르며 그 자리에 쓰러져 정신을 잃었다.

침실로 옮겨진 손책은 얼마 뒤, 눈을 뜨더니 장소를 위시한 참모들과 동생 손권(孫權) 등을 곁으로 불렀다.

"나는 얼마 안 있어 죽을 것이다. 중모(仲謀 : 손권의 자)가 내 뒤를 이어 강동을 다스려라. 군사를 이끌고 싸움을 한다면 내 쪽이 뛰어나겠지만, 인재들을 부리고 나라를 유지해 가는 것은 네 쪽이 훨씬 뛰어나다. 부탁한다. 나라 안에서 곤란한 일이 일어나면 장소에게 의논하고, 나라 밖의 일로 결정을 망설이는 일이 있으면 주유(周瑜)의 판단을 구하도록 해라."

손책은 그렇게 말하고 어머니와 아내에게 작별의 말을 남긴 후 26세의 나이로 죽었다. 건안 5년(200년) 4월의 일이었다.

손책의 뒤를 이어받은 손권은 자를 중모라 하였는데, 당시 나이 19세였다. 모난 얼굴에 입이 크고 눈은 푸르고 수염은 자색이었다. 이전에 조정의 사자로 강동에 다녀간 유완(劉琬)이라는 인물은 이렇게 손권을 평했다.

"손가 형제는 각각 뛰어난 재능을 갖고 있으나 손책은 젊어서 죽을 것이다. 중모만은 오래 살 것이다. 거기다가 장차 귀하게 될 상을 지니고 있다."

한편 손권은 형의 뒤를 잇기는 했지만 설움에 북받쳐 무엇을 어떻게 해야 좋을지 알 수가 없었다.

그때 파구(巴丘)에서 군사를 기르고 있던 주유가 손책이 죽었다는 소식을 듣고 달려왔다.

주유는 손책의 유언을 전해 듣자,

"저는 목숨을 바쳐 도와 드리겠습니다."

하고 손권 앞에서 맹세했다. 그런 다음에 주유는 상담역으로 노숙(魯肅)이라는 인물을 추천했다.

노숙은 다시 제갈근(諸葛瑾)이라는 인물을 추천했다.

이 제갈근은 나중 유비의 군사가 되는 제갈량의 형이다.

손권은 두 사람에게 앞으로 강동의 손씨 군벌이 취해야 할 방침을 물었다.

"조조를 치는 것은 어려울 것입니다. 한동안은 강동을 부흥시키면서 천하의 정세를 살펴보는 것이 좋을 것 같습니다."

"원소와 손을 잡는 것은 그만두고, 지금은 조조를 따르다가 시기를 보아 치는 것이 좋을 것입니다."

노숙과 제갈근이 번갈아 진언했다.

이리하여 손씨 군벌의 방침은 굳어지게 되었다.

한편, 조조는 손책이 죽었다는 소식을 듣자 즉각 군사를 일으켜 공격하려고 했으나, 사자로 허도에 와있던 장굉(張紘)이,

"남의 장례를 틈타 공격하는 것은 옳지 않습니다. 조장군님의 인망을 훼손시킵니다. 오히려 은혜를 베풀어 두는 쪽이 좋다고 생각합니다."

하고 만류하는 통에 방향을 바꿔 손권에게 토로장군(討虜將軍)의 지위를 내리는 동시에, 회계태수에 임명했다.

손권은 이후에 장소를 비롯하여 주유, 노숙, 제갈근 등이 하는 말을 잘 듣고, 조선업을 비롯해 각종 산업에 힘을 쏟아 국력의 충실을 도모했다. 그 때문에 강동의 손씨 군벌은 손책이 다스릴 때보다 더욱 강해져 갔다.

3

진진은 아무런 성과없이 기주로 돌아왔다.

원소는 불안과 초조감에 사로잡혔다. 이대로 세월이 흐르면 조조의 천하가 될 것이다. 조조 자신이 황제를 몰아내고 스스로 제위에 오를 가능성도 있다. 원소에게는 천하제일의 명문가 후손이라는 오기와 현재 최대의 군벌이라는 긍지가 있었다.

'천하를 잡는 것은 조조가 아니라 나 자신이어야 한다.'

원소는 혼자 힘으로 조조와 싸울 결의를 굳혔다.

비록 백마와 연진의 싸움에서 패배하고, 안량과 문추를 잃어 의기소침해 있긴 하지만 원소 진영의 군사력이나 군량 등 보급 능력에 있어서는 아직도 조조보다 배 이상 강대했다. 원소는 즉시 기주, 청주, 유주, 병주의 총 50만 군사를 소집했다.

이때, 백마와 연진의 싸움을 앞두고 출진을 만류하여 원소의 노여움을 샀던 참모 전풍(田豊)은 원소의 노여움이 풀리지 않아 아직도 감옥에 투옥되어 있었다. 그런데 원소가 조조를 치기 위해 50만 대군을 일으켰다는 말을 듣고 크게 놀라 옥중에서 의견서를 제출했다.

"감옥 안에서 얌전히 있기나 하면 좋으련만, 쓸데없는 말을 하고 있군."

전풍의 의견서를 읽은 원소는 불쾌한 얼굴이 되었다.

"왜 그러십니까?"

하고 옆에 있던 참모 봉기(逢紀)가 물었다.

"전풍이 의견서를 보내왔는데 지금은 조용히 기다리고 있어야 할 때이고, 대군을 움직이면 아군에게 불리해질 것이라고 했네."

"출진을 앞두고 불길한 소리를 하는 것을 보면, 전풍은 아군이 패배하기를 원하고 있다고 밖에는 생각되지 않습니다."

평소 전풍과 사이가 좋지 않은 봉기는 이때다 싶어 끈질기게 전풍을 모함했다.

"음. 조조를 물리치고 나면 참수형에 처해야겠다."

원소는 전풍의 의견서를 발기발기 찢어 버렸다.

이윽고 50만 대군을 이끌고 본거지 업성을 출발한 원소는 양무(陽武) 땅으로 진격하여 영채를 세웠다. 진지는 장장 길이만 90여 리에 이르렀다.

황하의 지류를 사이에 두고 양무와 마주보고 있는 관도(官渡)에는 조조군의 성채가 있었는데, 하후돈이 방비를 하고 있었다. 하후돈은 즉시 허도의 조조에게 긴급 사태를 알렸다.

"원소 놈, 드디어 승부를 걸어 왔구나."

조조는 의외로 느긋하게 웃었다. 이것을 기다리고 있었던 것이다. 순욱에게 허도의 방비를 하도록 명하고 나자 10여 만 명의 병력을 일으켜 관도로 급히 달려갔다.

"놀랍군, 이 정도의 대군은 본 적이 없네."

황하 건너편의 들판을 메운 원소의 50만 대군을 보고 조조군 장수들은 두려움에 몸을 떨었다.

하지만 조조는 조금도 두려워하지 않았다. 지금까지 적은 수의 병력으로 대군을 물리친 일이 여러 번 있었다. 싸움에 이기는 가장 결정적인 요소는 병사의 머리수가 아닌 것이다.

'싸움은 병력만으로 하는 것이 아니다.'

앞을 내다보는 안목과 자기 군사의 장점, 적의 허실, 그리고 공격과 후퇴를 거듭하는 전투에서의 결단력이라고 조조는 믿고 있었다. 더구나 순간 순간의 임기응변이라면 누구에게도 지지 않을 자신이 있었다.

"적은 우리 군의 다섯 배이고 군량도 풍부합니다. 지구전으로 싸움을 하려 들면 결국 우리가 역부족입니다. 여기서는 단숨에 승부를 내는 편이 좋을 것 같습니다."

작전 회의에서 순유가 의견을 말했다.

"내 생각도 그렇다."

조조는 고개를 끄덕이고 즉각 장수들에게 출진을 명했다.

한편, 원소의 진영에서는 감군으로 있는 저수(沮授)가,

"조조군은 병력수도 그렇지만 다급히 달려왔으므로 군량이 적을 것입니다. 여기서는 방비를 굳히고 장기전을 준비하면서 적의 군량이 바닥날 때를 기다리는 편이 좋을 것입니다."

하고 진언했으나 조조와의 결전에 조급해 있던 원소는 소극적인 작전이 싫었다.

"너는 싸우기 전부터 꽁무니를 빼라고 하니 우리 군사의 사기부터 꺾어 놓을 생각이냐? 조조를 물리치고 나면 전풍과 함께 목을 쳐 죽이겠다."

하고 화를 버럭 내며 저수를 감군직에서 쫓아내고 진영의 감옥에 가두었다.

그리고 장수들에게 조조군을 공격하라고 명했다.

이렇게 해서 건안 5년(200년) 8월에, 천하를 판가름하는 본격적인 관도의 대전이 시작되었다.

조조는 하후돈과 조홍에게 각각 5천 명의 군사를 주어 일제히 적진으로 돌격해 들어가도록 했다.

원소군의 선봉대 지휘를 맡고 있던 참모 심배(審配)는 1만의 석궁(石弓) 부대를 지휘하여 맹렬히 사격하도록 양 옆에 매복시키고, 한가운데에 5천기의 궁시대, 즉 활쏘는 부대를 잠복시켜 놓았다. 그리고 조조군이 돌격해 오는 것을 보자,

"지금이다, 쏴라!"

하고 신호용 불화살을 쏘았다.

무시무시한 소리와 함께 1만개의 석궁 화살이 일제히 발사되었다. 동시에 5천 명의 사수가 돌진해 오는 조조군에게 화살을 퍼부었다. 화살이 하늘을 뒤덮으며 날아갔고 조조군의 병사들은 어떻게 해볼 도리도 없이 '픽픽' 쓰러져 갔다.

"물러나라! 물러나라!"

하후돈과 조홍은 황급히 병사들을 퇴각시켰다. 즉각 원소군이 추격을 감행했다. 조조군은 힘 한번 제대로 써보지 못한 채 관도의 성채로 도망쳤다.

기세가 오른 원소군은 조조의 성채 바로 앞까지 병사들을 전진시켰다. 심배는 성채 앞에 50개 가량의 흙산을 쌓게 했다. 그 위에 망루를 만들어 석궁 사수를 올려 보내 성채 안으로 쉴새없이 화살을 쏘게 했다. 성채 안의 병사들은 당황해 도망을 다니거나 방패를 몸에 씌우고 땅바닥에 납작 엎드렸다.

10일쯤 지나자 이번에는 조조의 성채 안에 수백대의 발석거(發石車) *가 배치되었다. 망루 위의 사수를 향해 커다란 돌이 일제히 발사되었다. 사수들은 돌에 얻어맞고 그대로 망루에서 떨어졌다.

원소군의 병사들은 이 발석거를 '벽력거(霹靂車=벼락처럼 엄청난 힘으로 돌을 내던지는 무기)'라고 부르며 두려워하고, 아무도 망루에 올라가지 않으려 했다.

그래서 심배는 작전을 바꾸어, '굴자군(掘子軍)'이라는 특수부대를 편성하여 지하도를 파서 성채로 숨어들어가려고 했다. 이것을 안 조조 측에서는 성채 안쪽에 깊은 도랑을 파서 그곳에 강물을 끌어들였다. 심배는 지하도 파는 일을 중지하고 굴자군을 철수시켰다.

관도에서 노획한 원소의 서류를 불태우는 조조

조조는 전군을 모아놓고 그 앞에 원소군으로부터 빼앗은 문서를 산처럼 쌓아 올렸다. 그리고 불을 질렀다.

조조는 불타오르는 서류 무더기를 바라보며 좌우의 막료들을 바라보았다. 그의 눈빛에는 타오르는 불빛보다 뜨거운 의자가 내비치고 있었다.

"내 자신도 이렇게 대승할 줄 예측하지 못했는데……."

하고 조조가 좌우에 대고 독백처럼 말했다.

조조가 문서를 불태우며 좌우 각료들을 돌아본 데는 이유가 있었다. 난세를 살아가기 위해서 누구나 생존의 가능성을 다각적으로 강구하지 않으면 안 된다.

살아남기 위해서는 적과 내통도 하고 스파이 짓도 해야 한다. 따라서 막강한 조조 휘하의 주요 막료들 중에서도 '만에 하나 조조가 패하면 어떻게 될까?' 하고 걱정하는 자가 당연히 있었다. 그리고 만약의 하나, 그때를 위해서 원소에게 비밀리 조조 진영의 정보도 제공하고 충성심을 보였던 사람이 적지 않았었다. 원소가 남긴 문서 가운데 조조 진영의 막료가 은밀히 보낸 상당수의 서찰이 들어 있었던 것이다.

조조는 그것을 한 장도 읽어보지 않고 모조리 불태웠다.

조조, 원소를 격파하다

1

조조군과 원소군이 일진일퇴 공방을 되풀이하고 있는 동안에 시간은 3개월이나 지났고 조조군의 군량은 차츰 부족하게 되었다. 조조는 허도의 순욱에게 군량을 조달하여 보내도록 사자를 보냈다.

그러나 조조의 편지를 지닌 사자가 도중에 원소군의 병사에 붙잡혀 허유(許攸) 앞으로 끌려가게 되었다.

허유는 사자의 몸을 수색하여 조조의 편지를 발견하자 뛸 듯이 기뻐했다. 허유는 젊었을 적에 조조의 친구였기 때문에 원소한테 그다지 신임을 받지 못하고 있었다. 따라서 이것은 원소의 신임을 획득할 절호의 기회였다.

허유는 즉시 원소 앞으로 나가 조조의 편지를 내보였다.

"조조는 전군을 총동원하여 이곳에 와있지만, 병사들은 지치고 군량이 바닥나고 있습니다. 즉각 우리 군을 두 갈래로 나누어 일군은 조조의 영채를 공격하고, 다른 일군은 방비가 허술한 허도를 기습한다면 조조를 멸망시키는 것이 시간문제일 것입니다."

그러나 원소는 고개를 흔들었다.

"조조는 옛날부터 꾀가 많은 놈이다. 내가 잘 안다. 이 편지도 우리를 함정에 빠뜨리려는 수작일지 모른다."

"이번 기회를 놓치면 조조를 멸망시킬 기회는 두 번 다시 찾아오지 않을 것입니다."

허유는 계속 원소를 설득하려고 했으나 원소는,

"그대는 옛날에 조조와 친구 사이였잖은가? 놈한테 부탁을 받고 나를 충동질하러 온 것이 아닌지 모르겠다."

하고 은근히 허유를 야유하면서 들으려 하지 않았다.

'원소 놈, 마음이 좁기가 이를 데 없군.'

허유는 분연히 원소 앞에서 물러 나왔다.

'원소에게는 내가 무슨 말을 해도 조조와의 관계를 의심할 거야. 그렇다면, 아예 조조가 있는 곳으로 가는 것이 낫겠다.'

그렇게 결심한 허유는 그날 밤, 원소 진영에서 도망쳤다.

"뭐, 허유가 왔다고?"

그때 조조는 이미 잠자리에 있었으나, 보고를 듣자 벌떡 일어나 진영 밖까지 마중나갈 정도로 기뻐했다.

"잘 와주었네. 원소 밑에 있다고 들었는데 어찌된 일인가?"

허유는 조조의 영채와 허도를 기습하는 양면 작전을 원소에게 권유했으나 채택해 주지 않았다는 것을 얘기했다.

조조는 깜짝 놀랐다.

"만일 원소가 자네의 작전을 채택했다면 나는 끝장날 뻔했네."

"그런데 이쪽에는 군량이 앞으로 어느 정도나 지탱할 수 있을 만큼 남아 있는가?"

"반년 분 정도 있네."

"하하하, 그 정도는 없을 텐데……."

"사실 3개월 분 정도일세."

"나는 성의를 가지고 자네에게 왔네. 그런 내게 거짓말을 한다면 멀리 떠나 은거하는 것이 낫겠네."

하고 허유는 화난 체하면서 자리에서 일어섰다. 그러자 조조는 당황하며 허유의 소매를 잡고 만류했다.

"용서하게. 실은 1개월 분 밖에 없다네."

"어디까지 속일 생각인가?"

"그렇다면, 사실을 얘기 하겠네."

조조는 허유의 귀에 입을 갖다 대고 속삭였다.

"군량은 보름 분밖에 없네."

"거짓말. 군량은 이미 바닥났을 것이네. 이것을 좀 보게나."

허유는 화가 나서 가시 돋친 말을 하고 품 안에서 조조가 순욱에게 보내기 위해 쓴 편지를 꺼내 보였다.

"나는 모든 것을 다 알고 있네. 그런 연후에 자네에게 도움을 주기 위해 찾아온 것이네."

"내가 잘못했네. 더 이상 거짓말을 하지 않겠네. 원소를 무찌를 계략이 있다면 가르쳐주게. 자, 이렇게 부탁하네."

조조는 깊숙이 머리를 숙였다. 그때서야 허유는 화를 풀었다.

"원소군의 군량은 전부가 오소에 있네. 그곳을 지키는 대장 순우경(淳于瓊)이란 자는 항상 술에 빠져서 수비를 등한시하고 있네. 그러니까 자네가 정병을 이끌고 야습을 해서 그 군량을 모두 불태워 버린다면, 원소군은 사흘도 버티지 못하고 완전히 붕괴해 버릴 것이네."

"하지만 저쪽엔 심배가 있잖은가. 심배라면 그러한 중대한 일에 빈틈이 있을 리가 없네."

"걱정할 필요 없네. 심배는 지금 원소의 명령으로 군량 수송을 감독하기 위해 업성으로 돌아가 있네."

"됐다. 심배만 없다면 틀림없이 성공을 거둘 수 있다!"

조조는 손뼉을 치며 기뻐했다.

그 기뻐하는 모습이 지나치게 흥분한 것으로 보였는지 주위의 장수들이,

"허유의 말을 너무 믿지 않는 것이 좋을 것입니다."

하고 간하였으나 조조는 고개를 흔들었다.

"이것이 바로 싸움에 있어 결정적 기회라는 것이다. 이때를 놓치면 앞으로 원소를 무찌를 기회가 없다."

다음 날이었다.

날이 저물 무렵 조조는 하후돈, 조인, 조홍 등에게 본진을 맡기고 기습에 대비하도록 단단히 명하고 자신은 장료, 허저, 서황, 우금 등을 거느리고 가려 뽑은 5천 명의 경기병대를 이끌고 오소(烏巢)를 향하여 출발했다.

운명의 날, 10월 23일의 밤에는 초롱초롱한 별들이 하늘 가득히 떠 있었다.

이때, 원소의 진영에서는 감옥에 투옥되어 있던 저수가 별이 하도 아름답게 반짝였기 때문에 감옥지기에게 부탁해 옥 밖에 나와 있었다. 한참 동안 밤 하늘을 바라보고 있던 저수는 갑자기 안색이 변하더니, 감옥지기를 통해 원소에게 면회를 청했다.

원소는 잠자리에 들었다가 저수가 꼭 알리고 싶은 일이 있다고 간절히 면회를 원한다고 해서 마지못해 일어나 앉아 그와 대면했다.

"방금 밤하늘의 별자리를 보고 있었는데 태백성(太白星＝금성)에 붉은 안개 같은 것이 끼어 빛이 희미해졌습니다. 이것은 적이 야습을 가해 온다는 징표입니다."

저수는 원소를 만나자 인사도 생략하고 다급하게 말했다.

"이것은 군량이 있는 오소를 노리고 있는 것으로 보여집니다. 속히 손을 쓰셔야 합니다."

"무슨 큰 묘수가 있는가 했더니 시시한 천문점 얘기로군. 바쁜 사람을 깨워도 정도가 있지!"

원소는 화를 내면서 저수에게 쇠고랑과 족쇄를 채워 다시 감옥에 쳐넣었다.

비슷한 시각, 5천 명의 조조군은 원소군의 복장에 깃발까지 세워 위장하고 병사들은 모두 마른 풀과 장작을 짊어지고, 소리를 내지 않도록 말에 재갈을 물린 채 밤길을 전진해 갔다. 도중에 몇 곳인가 원소군의 진지를 지나쳤으나 오소*에 수비차 가는 부대라고 말하니 아무도 의심하지 않았다.

조조군이 오소에 도착한 것은 새벽 동이 트기 직전이었다. 조조는 곳곳에 마른풀과 장작을 쌓고 일제히 불을 지르게 했다. 장수들은 큰 북을 '둥둥' 치며 함성을 질러 마치 대병력이 온 것처럼 요란하게 소리냈다.

그날 오소의 수비대장 순우경은 어제처럼 부하들과 어울려 술판을 벌인 뒤 술에 취해 깊이 잠들어 있었다. 갑작스러운 큰 북소리와 함성에 깜짝 놀라 벌떡 일어났다.

오소
오소택이라고도 하는 호수의 명칭이다. 현재의 하남성 연진현 남쪽과 봉구 서쪽에 위치해 있다. 원소의 주 보급기지였으나 조조의 기습공격으로 초토화된다. 이후 조조는 승기를 잡고 원소군을 격멸한다.

"뭐야, 무슨 일이 일어난 거냐?"

순우경은 영문을 모른 채 우왕좌왕하고 있다가 숙소에 뛰어 들어온 조조군에게 생포되고 말았다.

사방에서 활활 타오른 불길은 원소군의 군량을 모조리 불태웠고, 허를 찔린 수비대는 전멸했다. 조조군의 야습은 완전히 성공을 거두었다. 조조는 순우경의 귀와 코를 잘라내 말 등에 묶어 원소의 본진으로 보내고는 재빨리 철수했다.

한편, 원소의 본진에서는 북쪽 하늘이 새빨갛게 타오르고 있는 것을 보고 큰 소동이 벌어졌다. 그 때 파발마가 달려왔다.

"군량이 타버렸습니다! 오소가 습격당했습니다!"

깜짝 놀란 원소는 즉각 모든 장수들을 소집했다. 그러나 여기서 의견은 두 갈래로 갈라졌다.

대장인 장합과 고람은 즉시 오소로 구원을 하러 가자는 주장이 있는가 하면, 참모 곽도는 이틈에 텅 빈 조조의 본진 영채를 공격한다면 대승을 거둘 것이 틀림없다고 했다.

원소는 어느 쪽이라고 결정을 내리지 못한 채 양쪽 의견을 모두 택했다.

"장합과 고람은 5천 병사를 이끌고 관도의 조조군 본진을 습격하고 장기는 1만 군사를 이끌고 오소를 구원하러 달려가라."

장기는 원소의 명령이 떨어지기 무섭게 병력을 이끌고 오소를 구

원하러 달려갔다. 도중에 오소 쪽으로부터 도망쳐 오는 아군을 만났다. 장기는 이들을 자신의 병력에 합쳐서 계속 길을 서둘렀다. 그런데 얼마 가지 않아 도망쳐 오다가 편입된 군사들이 갑자기 태도를 바꿔 장기의 병력에 덤벼들었다.

도망쳐온 것처럼 위장한 부대는 깃발과 복장을 빼앗아 오소의 수비대로 둔갑한 조조군이었다. 기습을 받아 당황해하는 장기 앞에 장료가 나타나더니 한 칼에 베어 버렸다. 대장을 잃은 장기의 부대는 조조군에게 완전히 짓밟혔고 조조는 무사히 관도의 본진으로 향해 갔다.

한편, 조조의 본진을 기습한 장합과 고람은 기다리고 있던 하후돈, 조인과 조홍 등에게 역공을 당해 대패했다.

원소는 귀와 코를 베이고 도망쳐온 순우경을 참수하고 숨을 돌리려는데, 장합과 고람마저 매복하고 있던 하후돈에게 참패했다는 보고가 들어왔다. 원소는 곁에 있는 곽도를 힐끗 노려보았다.

"아무래도 조조의 본진은 텅 비어 있지는 않았던 모양이지?"

곽도는 목을 움츠렸다. 이대로 있다가는 조조의 본진을 습격하도록 권한 자신도 목이 날아갈 지 모르기 때문이었다. 곽도는 원소에게 둘러댔다.

"장합과 고람은 전부터 조조에게 항복하려고 했던 것 같습니다. 그래서 일부러 힘을 다하지 않았을 것입니다."

"괘씸한 놈들! 돌아오면 죄값을 치르게 하겠다!"

원소는 핏대를 올리며 소리쳤다.

곽도는 원소 앞에서 물러나와 은밀히 사람을 보내, 도망쳐 돌아오는 장합과 고람에게,

"본진으로 돌아오면 패전 책임을 뒤집어쓰고 참수를 당할 것이다."

하고 알려주라고 했다.

장합과 고람은 얼굴을 마주 보았다. 돌아가서 죽는 것보다는 차라리 항복하는 것이 낫겠다고 생각하고, 말 머리를 돌려 조조의 본진으로 달려가 항복을 하고 말았다. 그때는 조조가 오소를 불태우고 막 귀환했을 무렵이었다.

"그대들이 나를 도와주겠다니 그야말로 하늘의 도움일세."

크게 기뻐한 조조는 즉시 두 사람을 선봉으로 내세워 원소군을 총공격하였다.

2

허유가 조조편에 붙고, 오소의 군량이 전부 불타버리고, 게다가 또 장합과 고람까지 조조군에 투항하게 된 원소군은 더 이상 맞서 싸울 기력을 상실했다. 기세가 오른 조조군은 일방적으로 공격하여 원소의 대군을 완전히 괴멸시켜 버렸다.

이때 8만 명 가량의 병사가 죽고 나머지는 도망치거나 포로가 되었는데 그 수효를 헤아릴 수 없을 정도였다. 원소는 모든 것을 내팽개치고 불과 8백기 남짓한 병사의 호위를 받으며 황하를 건너 달아나 버렸다.

천하를 판가름하는 싸움은 이렇게 해서 조조의 대승리로 끝났다.

조조는 원소가 버리고 간 엄청난 무기와 말, 서류 등을 노획했는데, 그 가운데에는 허도에 있는 조조의 가신들이나 싸움터에 나가 있는 장수들이 원소와 주고받은 편지 다발이 있었다.

그것을 보고 조조는,

"불태워라, 모조리. 원소의 기세가 강성했을 때에는 나까지도 어떻게 할까하고 망설였을 정도였다. 다른 사람이 나에게 붙느냐, 원소에게 붙느냐로 고민한 것은 무리가 아니다."

하고 두 번 다시 그 일을 입에 담지 않았다.

이때, 저수는 감옥에 투옥되어 있었기 때문에 도망치지 못한 채 붙잡혀 조조 앞으로 끌려왔다.

"원소가 귀공의 의견을 받아들였다면 그렇게 힘없이 참패당하는 일은 없었을 것이다."

조조는 저수의 재능을 아깝게 여겨 항복하여 자신을 따르라고 권했다.

"나는 항복하지 않소. 빨리 목을 베어주시오."

저수는 조조의 권유를 거절했다.

조조는 생각을 다시 해보도록 기회를 주기 위해 저수를 진중에 머물러 있게 했다.

그런데 저수는 틈을 노려 말을 훔쳐내 하북으로 도망치려고 했다. 감시병이 이것을 발견하고 칼로 쳐죽였다. 조조는 이런 저수를 불쌍히 여겨 황하 기슭에 무덤을 만들어 주었다.

한편, 목숨을 간신히 부지하고 여양까지 도망쳐온 원소는 여기저기에서 도망쳐 돌아온 아군을 모아 업성으로 돌아가고 있었다. 부상을 당하고 지칠 대로 지친 병사들은 걸어가면서 원망의 소리를 내뱉었다.

"원장군님께서 전풍(田豊)님의 의견을 들었더라면, 이런 꼴은 당하지 않아도 되었을 텐데……."

이 말을 들은 원소는 원통해했다.

"그렇다. 전풍이 말하는 것을 듣지 않았기 때문에 많은 병사들을 잃고 말았다. 전풍을 볼 낯이 없다."

업성에 가까이 오자 봉기가 마중을 나왔다.

"전풍은 어떻게 지내고 있는가?"

원소는 즉시 불러 위로할 생각으로 물었다. 그런데 봉기는,

"그것이 말입니다. 전풍은 아군이 대패했다는 소식을 듣고, '보라, 내가 말한 대로 아닌가!' 하고 손뼉을 치며 기뻐했답니다."

하고 거짓으로 모함했다. 봉기는 패전한 원소가 전풍의 의견을 듣지 않은 것을 후회하고 있다는 얘기를 전해 듣자 앞으로 전풍이

원소의 신임을 얻어 중용되는 것을 두려워했기 때문에 거짓 보고를 한 것이었다.

"뭐야, 패전을 즐거워하고 있다고?"

그 무렵, 업성의 감옥에서는 원소군이 대패했다는 소식을 듣고 전풍은 슬픔에 잠겨 있었다.

"기운을 내십시오. 원장군도 이번에야말로 전풍님이 하신 말씀이 옳았다는 것을 틀림없이 인정하실 것입니다."

하고 전풍을 존경하고 있는 감옥지기가 위로했다. 전풍은 고개를 흔들었다.

"아니다. 내 목숨도 이제 얼마 남지 않았다."

"넷, 어째서 그렇습니까?"

"원장군은 남의 말에 잘 현혹된다. 내가 말씀드린 것이 옳았다는 것을 알더라도, 아마 누군가의 말에 현혹당하여 마음이 바뀌어 있을 것이다."

전풍이 말한 대로 그로부터 얼마 뒤 원소의 사자가 감옥으로 찾아왔다. 사자는 칼 한 자루를 가지고 왔다.

'스스로 목을 찔러 자살해라.'

그런 의미였다. 칼을 받아든 전풍은,

"섬기는 주인을 잘못 택한 것은 내 잘못이다. 그러니 누구를 원망하겠느냐."

하고 미련없이 자신의 목을 찔러 죽었다.

업성으로 돌아온 원소는 다시 20만 군사를 모아 조조에게 도전했다. 조조도 군사를 이끌고 왔다. 원소와 조조의 양군은 창정(倉亭 = 황하에 있는 창정진이라는 나루터. 현재의 산동성 양곡 경내에 위치)에서 격돌했다.

이때 조조는 정욱의 의견을 받아들여, '십면매복(十面埋伏)'*이라는 전법을 썼다.

강을 등지고 좌우에 각각 5개 부대의 군사를 매복시키고, 정면의 군사는 적을 공격하다가 일부러 패해 강기슭까지 오면, 강을 등진 병사들은 뒤가 없기 때문에 필사적으로 반격을 하게 된다. 추격해 온 원소군이 혼란하여 되돌아가려고 할 때, 매복해 있던 복병이 좌우로부터 1개 부대씩 뛰쳐나와 연속해서 공격을 가한다.

이것을 반복하여 끝내 원소군을 전멸시킨다는 계책이었다.

이 전법에 걸려 원소의 군사들은 거의 전멸당하고 말았다.

참패한 원소는,

"나는 이제까지 수십 번을 싸워 왔으나 이처럼 비참한 패배를 맛본 것은 처음이다."

라며 신음하고 피를 토하더니 쓰러져서는 의식을 잃고 얼마 후에

십면매복
군사를 10부대로 나누어 매복시켰다가 패하여 달아나는 적군을 가로막아 습격하는 계책이다. 원래는 유방이 해하에서 항우를 포위했던 전술에서 비롯되었다.

④ 원소군 대거 황하 도하

③ 연진에서 조조군 문추 대파

⑤ 원소, 양무에 진지 구축

⑥ 조조군, 관도에서 농성

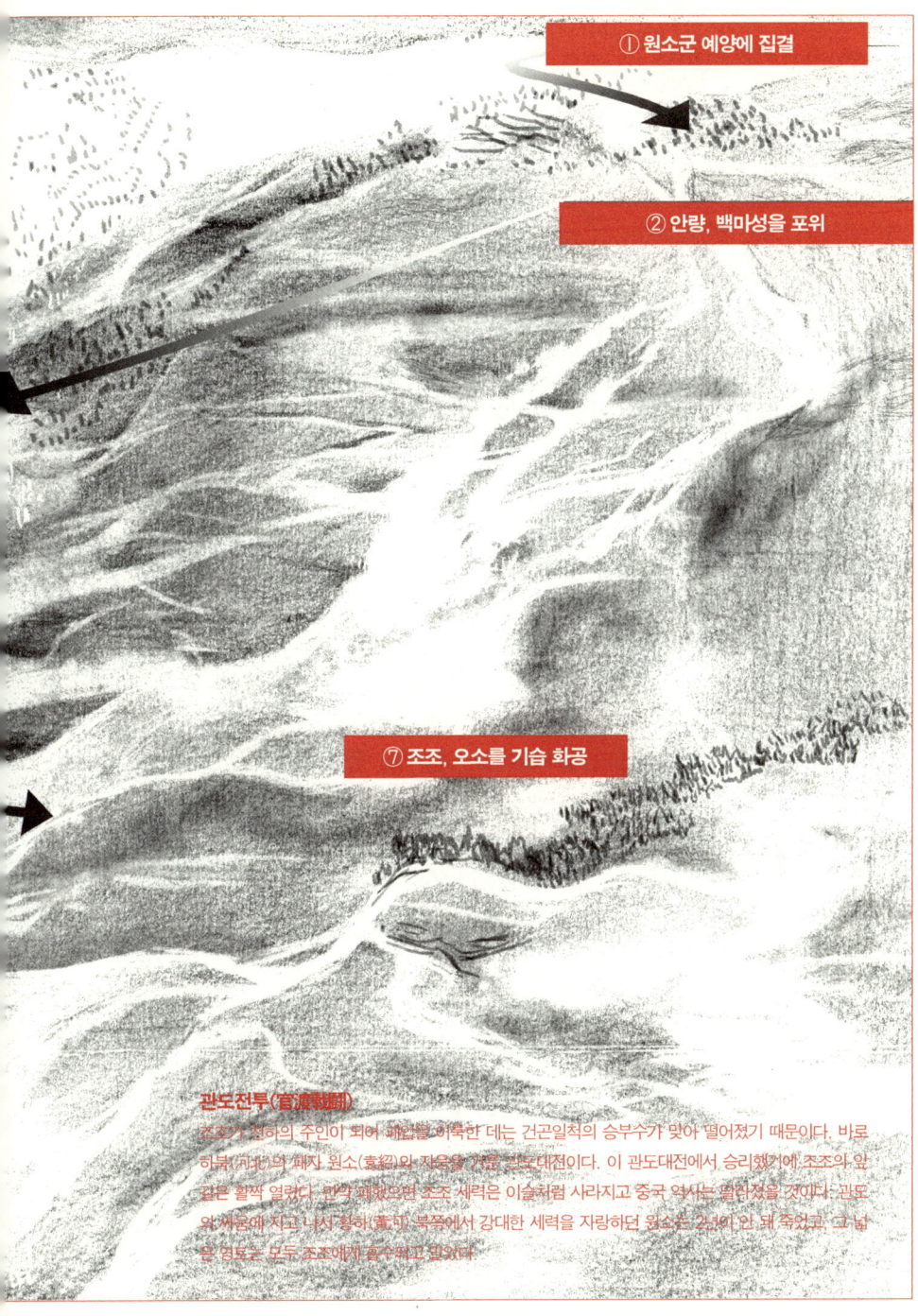

① 원소군 예양에 집결

② 안량, 백마성을 포위

⑦ 조조, 오소를 기습 화공

관도전투(官渡戰鬪)
조조가 천하의 주인이 되어 패업을 이룩한 데는 건곤일척의 승부수가 맞아 떨어졌기 때문이다. 바로 하북(河北)의 패자 원소(袁紹)와 자웅을 가른 관도대전이다. 이 관도대전에서 승리했기에 조조와 앞 같은 활짝 열렸다. 만약 패했으면 조조 세력은 이슬처럼 사라지고 중국 역사는 달라졌을 것이다. 관도와 싸움에 지고 나서 황하(黃河) 북쪽에서 강대한 세력을 자랑하던 원소는 2년이 안 돼 죽었고, 그 남은 영토군 모두 조조에게 흡수되고 말았다.

죽었다.

3

원소가 죽자 심배 등이 초상 치루는 일을 도맡았다.

그런데 원소의 후처 유씨 부인은 평소에 질투가 심한데다 막내아들 원상이 후계자가 되기를 원했다. 심배는 유씨 부인의 뜻을 따르기로 했다.

이때 곽도는 자신이 철저히 배제된 점에 앙심을 품었다.

"큰일났습니다. 심배가 원상을 대장군으로 삼고 원씨 집 안의 후계자로 내세웠습니다."

곽도는 이 소식을 듣자 화가 나고, 심배와 봉기에게 앙갚음을 하려고 당시 청주에서 조조군을 막고 있던 원소의 맏아들 원담에게 부풀려 충동질을 했다.

"심배와 봉기, 그 두 놈이 짜고 저지른 일입니다."

원담이 물었다.

"좋은 방도는 없겠는가?"

"있지요, 일단 제가 기주성으로 가서는 원상을 만나 따져보겠습니다. 그리고 군사의 절반은 밖에 대기시켰다가 여차하면 뒤집어 엎겠습니다."

성격이 모질지 못한 원담은,

"알았네."

하고 모든 걸 곽도에게 일임했다.

한편, 곽도는 기주성으로 가서는 원상에게 아부하는 말만 늘어날 뿐 정작 할 말은 아무것도 않았다. 오히려 개인적인 복수를 위해 엉뚱하게 꾸며댔다.

"원담님은 지금 몸이 아파 누워계십니다. 그래서 병사를 지휘할 군사(軍師)가 필요합니다. 심배를 보내주십시오."

원상이 고개를 좌우로 흔들었다.

"심배가 있어야 나도 계책을 세울 수 있으니 안 된다. 봉기를 데려가라."

이렇게 해서 곽도는 심배를 데려가려 했다가 실패하고 봉기를 데리고 원담에게 돌아갔다.

원담은 봉기를 보자 싸늘한 표정으로,

"너는 어째서 원상을 대장군으로 세웠느냐?"

하고 질타하듯이 물었다.

"그 일은 제가 아니고 심배가 한 일입니다."

"간사한 놈! 둘러대지 말라! 여봐라, 누구 없느냐?"

원담은 봉기의 변명에 화가 나서 죽여버리니 곽도는 기분이 풀렸다. 그러나 그걸로도 성이 안차서 곽도는 원상과 원담을 이간질하기 위해 원담에게 조조군에 항복하고 도움을 받는 것이 좋겠다고 권했다.

원담은 원상이 미운지라 곽도의 의견을 따랐다.

"조조의 힘을 빌어 기주성의 원상을 친다."

라고 결정이 나자, 곽도가 조조 진영으로 가서 항복하고 계책을 내놓았다.

"맏아들 원담 대신에 막내아들 원상을 후계자로 내세웠기에 형제 간에 알력이 생긴 것입니다. 따라서 조장군님께서 공격하시게 되면 형제들이 다시 힘을 합쳐 대항할 위험이 있습니다. 그러니 일단 후 퇴하시면 형제간에 서로 싸우다가 기진맥진할 것입니다. 그때 공격 해 오시면 단번에 하북 일대를 평정하실 수 있습니다."

"좋은 계책이다."

조조는 즉시 군사를 뒤로 물리면서 약간의 병력을 원담에게 보냈 고 결국 원담과 원상 형제끼리 불구대천의 원수처럼 싸우게 되었다. 두 형제가 일진일퇴하며 싸우기를 거듭하다 조조군이 공격해 오자 원상은 요동으로 도망치고 원담은 멸망당했다. 이로써 원씨 가문은 완전히 망하고 모든 영토는 조조의 것이 되었다.

조조는 하북 일대를 완전히 평정하자 즉시 포고령을 내렸다.

그 내용은 사회질서의 회복을 위한 조치로 사적인 복수와 사치스 러운 예식이나 장례를 금했고, 간음하는 자, 남을 폭행한 자, 미풍 양속을 해치는 자는 엄벌에 처한다는 것이었다. 그러고 나서 세금제 도를 명확하게 한 점은 무엇보다도 민생을 배려한 조치로 백성들의 환영을 받았다.

"토지에서 받는 세금은 1무에 4승, 또 각 집에서 명주 2필, 면 2근을 납입하면 된다. 지방관들은 이외에 세금을 매기거나 백성들의 재산을 빼앗아서는 안 된다. 지방관들은 부자들이 재산을 감추어 두거나 숨긴 사실을 조사하여 부자들의 세금을 많이 거두어들이고 가난한 백성들에게는 세금을 과감히 삭감하라."

백성들이 무엇을 원하고 있는지 조조는 잘 알고 있었다.

백성을 돌보는 자세를 가진 관리의 등용, 평등하게 교육받을 수 있는 조치, 법을 어기는 자에 대한 엄격한 처벌, 부당한 세금의 징수 근절 등이 그것이었다.

이렇게 되자 조조가 다스리는 영토 내에서 백성들의 수효가 나날이 늘어났고 예전의 기근이나 도적떼의 습격 등과 같은 무질서가 사라지게 되었다.

"이제 하북 4주를 평정하였으니 군사를 돌려 허도로 귀환하셔야지요."

부하 장수들이 이구동성으로 말했다.

그때 몸이 아파 누워있던 곽가가 의견을 내 놓았다.

"물론 여기서 허도로 귀환하는 것이 장병들의 노고에 보답하는 길입니다만, 조금만 더 나아가면 오랑캐 오환족이 있습니다. 그들은 번번이 우리 나라 경계를 넘어와 많은 백성을 납치해 갔습니다. 그들을 무찔러 납치된 백성을 구하는 일이야말로 꼭 필요합니다."

조홍이 고개를 저으며 일어섰다.

"원상은 싸움에 패하여 멀리 사막을 건너 요동으로 도망쳤는데, 우리가 오환족을 치러 간다면 그 동안에 유비와 유표가 빈틈을 노려 허도로 쳐들어올지 모릅니다. 그렇게 되면 우리는 갑자기 허도로 갈 수도 없는 일이 아닙니까. 청컨대 더 나아가지 말고 일단 군사를 거느리고 허도로 돌아가는 것이 상책인 듯합니다."

많은 장수들이 조홍에게 동조했으나 곽가가 반대했다.

"그 점은 그렇지 않소. 조장군님께선 천하에 위엄을 떨치시는데, 사막에 사는 오랑캐들은 거리가 먼 것만 믿고 아무 방비도 않고 있을 것이니, 우리가 그 틈을 타서 갑자기 치면 반드시 격파할 수 있소. 여러분이 염려하는 형주의 유표로 말할 것 같으면 그는 한낱 아랫목에 앉아서 말만 할 줄 알지 실제로는 행동이 없는 사람이오. 또한 그는 자기 재주가 유비만 못한 것을 알기 때문에 유비를 쓰지 않는 것쯤은 모두들 알고 있는 바요. 그러므로 우리가 이 참에 멀리 사막을 건너 북방을 치러 가도 후방은 염려될 것이 없소."

조조는 단호히 결정했다.

"봉효의 말이 옳다."

마침내 조조는 대군을 동원하여 수천 수레를 거느리고 북쪽으로 진격해 갔다.

가도가도 끝없는 사막이고, 사방에서 광풍이 일어났다. 길은 험하고 까다로워 사람과 말이 나아가기 어려웠다. 조조는 돌아가고 싶은 생각이 들어 곽가에게 물었다. 이때 곽가는 사막 지대의 기후와 물이 맞지 않아서 몸이 더 나빠져 있었다.

"내가 사막을 평정하려는 욕심으로 머나먼 이곳까지 와서 그대를 병들어 눕게 했으니 내 마음인들 어찌 편안하겠느냐."

곽가는 전혀 아프다는 기색없이 대답했다.

"저는 장군님의 큰 은혜를 입었습니다. 비록 죽는 한이 있을지라도 실은 그 큰 은혜의 만분의 일도 보답하지 못할 것입니다."

"내가 보기에 북쪽 땅이 기구하여 더 나아가기 어려울 것 같소. 군사를 돌려 돌아가고 싶은 생각이 없지 않으니, 그대 생각은 어떠한가?"

"군사를 쓰는 사람은 모든 일을 신속히 처리함을 능사로 삼습니다. 이제 천리 먼 곳을 쳐들어가는데 치중이 너무 많으면 여러 가지로 불편이 많을 것입니다. 가벼이 무장한 군사들만 거느리고 갑절 더 빨리 나아가 아무 방비 없는 오랑캐들을 무찔러야 합니다. 그럴려면 우선 길을 잘 아는 사람을 얻어 길잡이로 삼아야 합니다."

이에 조조는 곽가를 뒤에 남겨 치료하도록 조치한 후 길잡이를 구하니 어떤 사람이 전주를 천거했다.

"그가 오랑캐 땅 지리를 잘 압니다."

조조는 곧 전주를 불러 길을 물으니,

"이 길은 여름과 가을 사이엔 물이 있는데, 수레와 말이 갈 만큼

얕지 않으며 그렇다고 배로 갈 만큼 깊지도 않기 때문에 참으로 움직이기 어렵습니다. 그러니 차라리 군사를 돌려 노룡 땅 어귀로 나가서 백단 땅의 험한 길을 넘고 허허벌판에 이르러 유성 땅으로 쳐들어가 아무 방비도 없는 적을 엄습하면, 한 번 싸워 묵돌(오환의 족장)을 사로잡을 수 있을 것입니다."

하고 대답하는 것이었다.

조조는 곧 전주를 정북장군으로 삼고 향도관의 책임을 맡겨 길을 안내하라 하였다. 전주가 뒤따르는 장료와 함께 백랑산에 이르렀을 때였다. 마침 묵돌이 기병 수만 명을 거느리고 나타났다.

장료는 뒤따라오는 조조에게 사람을 보내어 적이 나타났음을 보고했다. 조조가 말을 달려와 높은 곳에 올라가 바라보니, 묵돌의 군사는 전혀 대오를 이루지 않고 뿔뿔이 흩어져 있었다.

"적은 전혀 정돈되어 있지 않으니 즉시 엄습하라!"

조조군이 일제히 공격하니 묵돌의 군사는 큰 혼란에 빠졌다. 장료가 쏜살같이 말을 달려들어가 한칼에 묵돌을 베어 말 아래로 거꾸러뜨리자, 오랑캐 군사들은 다 겁을 먹고 항복했다.

조조는 오랑캐 군사를 용서하고, 포로가 되었던 10만 명 가까운 백성을 풀어주었다. 그런 후에 돌아오는데 날씨는 건조하고 추운데다 200리 사이에 물이 없었다. 또한 군량이 부족하여 말을 잡아먹어야 했다.

조조는 역주 땅으로 돌아오면서, 지난 날 사막을 넘어 원정하지

말라고 간한 자들에게 많은 상을 주고 모든 장수들에게,

"내가 이번에 위험을 무릅쓰고 원정하여 요행히 이긴 것은 하늘의 도우심 때문이다. 다시는 그런 무모한 짓은 않도록 명심하겠다. 전번에 나에게 원정의 어려움을 간한 사람들이 옳았기에 상을 주는 것이니, 이후에도 내가 그러거든 적극 나를 말려다오."

하고 부탁하면서 의기양양했는데, 역주성에 당도했을 때, 제일 먼저 들은 소식은 곽가가 죽은 지 수 일이 넘었다는 것이었다.

조조는 참혹한 표정으로 일그러져 방성통곡하며,

"봉효가 죽다니, 서른 여덟의 젊은 나이에 말이다. 이는 하늘이 나를 징계하는 일인가?"

하며 온종일 탄식했다. 그리고는 좌우 측근들에게,

"그대들은 모두 나와 나이가 비슷하지만 봉효만이 가장 젊기 때문에 나중 일을 부탁할 작정이었다. 그런데 이렇듯 한창 나이에 죽다니 정말 가슴이 무너지고 찢어지는 듯하구나!"

하면서 애석해했다.

그때 한 사람이 곽가의 봉서라며 조조에게 바쳤다.

"곽공이 죽을 때 친히 이 글을 써주며 장군님께서 보시고 이대로만 하면 요동은 염려할 것 없다고 했습니다."

조조는 이를 받아서 뜯어보고는 연실 머리를 끄덕이는데 다른 사람들을 그 뜻을 알 도리가 없었다.

이튿날 하후돈이 여러 장수를 데려와 아뢰었다.

"요동태수 공손강이 오랫동안 복종하지 않는데, 이번에 또 원상이 그리로 갔으니 머지않아 우환거리가 될 것입니다. 그러니 그들에게 여유를 주지 말고 속히 가서 무찌르면 요동 땅까지 평정할 수 있습니다."

조조는 말을 다 듣고 껄껄 웃으며,

"여러분의 위엄과 용기를 낭비할 필요가 없다. 며칠 뒤면 공손강이 스스로 원상의 머리를 베어 이리로 보낼 것이다."

하고 자신있게 대꾸했는데 장수들은 조조의 말을 믿지 않았다.

며칠 후 보고가 들어왔다.

"요동의 공손강이 원상의 목을 보내왔습니다."

이 말을 들은 장수들은 크게 놀라는데 조조는 고개를 끄덕이며,

"과연 봉효의 생각이 들어맞았구나."

하고 감탄해 마지않았다.

여러 사람이 조조에게 물었다.

"어째서 곽가의 생각이 들어맞았다고 하십니까?"

그제야 조조는 곽가의 유서를 꺼냈다.

원상이 요동으로 달아났다고 하지만, 장군님께서는 그들을 추격하지 마십시오. 원래 공손강은 원소에게 요동을 빼앗길까 두려워 했습니다. 그런데 원상이 이번에 그리로 갔으니, 공손강은 그들의 목을 베어 반드시 우리에게 보내올 것입니다.

모든 사람들이 역시 곽가의 안목을 높이 평가해 마지않았다.

그 다음날 조조는 모든 장병을 거느리고 곽가의 영구 앞에 제사를 지내고 나서 기주의 업성으로 돌아왔다.

하북을 포함한 북방 지역의 완전한 평정, 그리고 곽가의 죽음이 장차 조조에게 어떤 영향을 주게 될지 많은 사람들이 궁금해했다.

유표의 식객이 된 유비

1

그때 헤어졌던 관우, 장비를 만나고 조운까지 받아들인 유비는 여남에서 병력을 기르자 허도를 겨냥하고 있었다. 두말할 것도 없이, 옛날 황제의 밀칙에 응하여 지금은 죽고 없는 동승과의 약속을 실행에 옮기기 위해서였다.

"조조는 하북에서 싸우고 있다. 이 틈에 허도를 습격하면 한조를 구할 수 있을 것이다."

유비는 관우, 장비, 조운 등을 거느리고 여남을 출발했다.

유비의 움직임은 여남에 파견되어 있던 조조의 간자(間者＝적의 상황을 정탐하는 첩자)에 의해 즉시 허도의 순욱에게 알려졌다. 순욱은 조조에게 이 사실을 전했다.

이 무렵, 조조는 업성으로 귀환하고 있었다.

'유비 놈, 잔재주를 부리고 있구나.'

조조는 즉시 조홍에게 일부 병력을 맡겨 북방 경비를 맡기고는 그대로 대군을 이끌고 여남으로 향해 맹렬한 속도로 남진했다.

조조군과 유비군은 여남과 허도 사이의 양산(穰山)이라는 곳에서 격돌했다.

이 싸움은 조조군이 속도전을 펼친 탓인지 몹시 지쳐 유비군의 승리로 끝났다.

그런데 어찌된 셈인지 그 다음 날부터 조조군은 아예 움직이지를 않았다. 유비 측이 아무리 도전을 해도 방비만 굳히고 나오지를 않았던 것이다.

'조조가 한 번 진 것 가지고 영채 속에 틀어박혀 있다는 것은 아무래도 이상하다.'

유비가 고개를 갸웃거리고 있으려니까 아니나 다를까, 파발마가 도착했는데 하후돈의 군사들이 여남을 공격하여 유비의 본거지를 함락했다는 소식이었다.

"아이쿠! 뒤로 돌아 우리 본거지로 쳐들어갔구나!"

유비는 자신의 부주의함에 입술을 깨물었다. 당연히 예상하고 방비하고 있었어야 할 일이었다.

본거지를 잃는다면 오갈 데가 없다.

유비는 눈물을 머금고 여남을 되찾으려 군대를 되돌렸다. 그러자 지금까지 웅크리고 있던 조조군이 일제히 영채를 나와 맹렬하게 공격을 가해 왔다. 무시무시한 맹공이었다. 관우와 장비와 조운이 필사적으로 싸웠으나 천하의 강병으로 단련된 조조군에게는 처음부터 맞수가 아니었다.

유비군은 전멸을 모면하는 것이 고작이었다.

조조는 유비군을 충분히 괴멸시켰다고 여기자, 재빨리 군사들을 퇴각시켰다. 이 덕분에 유비는 가까스로 살아남아 한강(漢江＝장강의 지류. 한수라고도 한다)의 기슭까지 도망쳐 갈 수 있었다. 살아남은 자는 몇 백 명이 채 되지를 않았다. 그들이 처참한 표정으로 강가에서 잠시 쉬고 있을 때였다. 이때 유비가 길게 한숨을 내쉬며 처량한 어조로,

"여러 장수들은 모두 제왕을 보좌할 만한 자질을 가졌는데 불행히도 나 같이 못난 사람을 따르게 되었소. 게다가 내 운세가 이처럼 곤궁해서 여러 장수들을 힘들게 하는구려. 그러니 그대들은 부디 나를 떠나 명석한 주군을 찾아 부귀공명을 얻는 것이 좋지 않겠소?"

하더니 물에 뛰어들려고 했다.

주위에서 겨우 이를 말렸다.

유비는 철퍼덕 땅바닥에 앉아 눈물을 흘렸고, 이를 본 장수들은 모두 얼굴을 묻고 울었다.

유비 역시 장래를 생각하면 여러 장수들의 도움이 절실하다는 것을 모를 리 없었다. 보통 지도자였다면 설령 행군 중에 앞에 놓인 길이 구불구불해도 '조금 지나면 평탄하고 좋은 길이 있을 것'이라고

하며 부하들의 사기를 진작시키고 격려했을 것이다. 하지만 유비는
이때 격려보다 비탄에 젖은 어조로 '나를 버리고 명석한 주군을 찾
아가 공명을 얻으라'고 하면서 물에 뛰어들려고 했다. 어찌하여 목
숨을 끊으려 했을까?

유비가 진정 오랜 세월 품었던 대망을 접기라도 했단 말인가?

사실 유비는 부하 장수들에게 제발 머물러 달라고 애원하는 것이
오히려 역효과를 불러 일으킨다는 것을 잘 알고 있었다. 따라서 자
신의 신세를 한탄하고 부하 장수들의 장래를 걱정하는 것처럼 보이
면 장수들이 감동한 나머지 결코 자신의 곁을 떠나지 않을 것이라고
주도면밀하게 계산했던 것이다.

아무튼 유비의 이런 계산은 적중하여 누구도 그의 곁을 떠나지
않았지만 문제는 돌아갈 본거지가 없었다.

어쩔 수 없이 유비는 형주의 유표에게 의지하기로 했다.

유표하고는 지금까지 교제가 없었으나 같은 한나라 황실의 혈통
을 나눈 동족이라는 명분이 하나 있긴 했다. 유비 쪽에서 보면, 지
푸라기라도 잡는 것 같은 심정이었다.

다행히 유표는,

"유현덕은 황실의 족보상으로 나의 동생뻘이 된다. 동생이 곤경
에 처했는데도 돕지 않을 자가 어디 있겠는가?"

라고 하면서 흔쾌히 유비를 형주로 맞아들여 신야라는 작은 성을

내주었다.

하지만 그것이 전부는 아닌 걸 어쩌랴.

결국 조조가 승승장구하며 천하의 절반 이상을 차지하여 세상을 호령하면서 인심을 얻고 있을 때, 유비는 형주의 유표에게 의탁하여 불우한 생활을 하게 되었다.

유비는 자신의 뜻을 펼치지 못하고 궁색한 처지에서 빠졌다.

유표에게는 천하를 다투려고 하는 야망이 없다. 형주를 지키기 위한 군사는 갖추고 있었으나 밖으로 향해 병력을 움직이지 않았기 때문에, 형주에는 전란 같은 것이 없이 평화가 유지되고 있었다. 당시 형주 일대에 수많은 학자들이나 예술가들이 피난 와서 자리잡은 것은 이런 이유에서였다.

유비는 신야(新野)*에서 할 일도 없고 하여 관우, 장비, 조운 등과 함께 한가롭게 지냈다. 신야는 작은 현이어서 현성이 그다지 크지 않았으나, 사람들은 모두 소박하고 꾸밈이 없었다. 유비가 온 것을 기뻐하고 잘 따랐다. 그것이 유비에게는 그나마 유일한 보람이었다.

아무튼 세월은 흘렀다.

신야성에서 생활한 지 6년째 봄, 감부인이 아들을 낳았다. 감부인이 북두칠성을 삼키는 꿈을 꾸고 잉태했기 때문에 태어난 아이의 아명을 '아두(阿斗)'라고 지었다. 유비에게 있어서는 기다리고 기다리던 후계자였다.

그러나 무난한 세월만 있었던 것은 아니었다. 유표의 부하들 가운데 유비가 신야에 있는 것을 좋아하지 않는 자들이 여럿 있었다. 유표의 후처인 채부인과 그 동생 채모가 특히 그러했다.

유표에게는 전처의 아들인 큰 아들 유기와 채부인이 낳은 둘째 아들 유종이라는 두 아들이 있었다. 장남 유기는 영리했으나 몸이 약했다. 그래서 채부인은 자신이 낳은 유종을 후계자로 삼으려고, 유종의 뛰어난 점을 기회 있을 때마다 유표에게 속삭였다. 그 때문에 유표도 유종을 후계자로 삼으려는 쪽으로 기울어져 있었다. 거기에 유비가 나타났던 것이다.

유비는 누구에 대해서나 오만하지 않고 우쭐대지 않았기 때문에, 유표의 부하들 사이에서 인망이 높았다. 채부인과 채모는 이런 유비가 껄끄럽게 느껴졌다. 유종의 후계자 선정에 반대하는 신하들이 유비를 의지해 반란을 일으킬지도 몰랐기 때문이다.

"유비를 이대로 놔두어서는 형주를 위해 좋지 않습니다. 빨리 다른 곳으로 보내는 것이 좋지 않겠습니까?"

채부인과 채모는 그렇게 말하며 유표에게 빈번히 간청했으나 유표는 이를 듣지 않았다. 그래서 두 사람은 이렇게 된 이상 유비를 죽일 수밖에 없다고 여겨 그 기회를 노리게 되었다.

신야

형주 남양군에 속한 현의 명칭. 유표에게 의탁한 유비가 조조의 침공을 막기 위해 유표의 명을 받고 주둔한 장소이다. 유비는 신야에 주둔할 때 제갈량을 삼고초려하고 군사로 영입한다. 삼국정립 후에는 형주의 주요 도시가 되고, 전략적 중심지가 되어 수많은 전투가 벌어진다.

2

가을 어느 날, 유비는 유표의 초대를 받아서 양양성으로 갔다.

"잘 와주었네. 오래간만에 아우님과 얘기를 나누고 싶어 오라고 했네."

유표와 유비는 그 무렵에 형님, 아우님 하면서 서로 가깝게 지내고 있었다.

유표는 유비를 맞이하자 즉시 연석으로 안내했다.

두 사람은 술을 마시며 이런저런 잡담을 나누고 있었는데, 그러다가 유비가 자리에서 일어나 변소에 갔다. 한참 있다가 돌아온 유비의 뺨에는 눈물 자국이 있었다.

"아우님, 무슨 일인가?"

유표는 궁금하게 여겨 물었다.

"아무것도 아닙니다, 형님. 그저 제 자신이 부끄럽습니다."

유비는 뺨의 눈물을 닦고는 크게 한숨을 지었다.

"지금 변소에 갔다가 제 넓적다리에 살이 쪄 있는 것을 깨달았습니다. 말을 타고 싸움터를 왔다갔다 할 때에는 넓적다리의 살이 찐 적이 전혀 없었는데, 이렇게 하는 일 없이 세월을 보내고 있는 사이에 쓸모없는 살이 붙어 버린 것을 보니까 나 자신이 한심스럽고 슬퍼서 눈물이 납니다."

비육지탄(髀肉之嘆 : 허벅지에 살이 찐 것을 보고 눈물을 흘리며 탄식했다는 고사)의 예에서 보듯이 세월은 흘러 유비의 나이 벌써 40대 후반이 되었는데 기반 하나 마련하지 못하고 있는 자신이 처량했던 것이다.

"그러고 보니까 아우님이 허도에 있었을 때, 조조와 영웅에 대해 논한 적이 있다던데, 그때 조조가 천하의 영웅은 자신과 아우님뿐이라고 했다면서? 조조조차도 자네의 실력을 인정하고 있잖은가. 그러니 너무 비관할 것 없네."

"사실 조조가 대단합니다만 무찌를 수 없는 인물이라고 생각되지는 않습니다."

유비는 자신도 모르게 속생각을 털어놓았다.

"만일 제가 영지를 가진 주인이 된다면, 그것을 발판으로 조조를 무찌르고 천하를 손에 넣어보겠습니다만……."

유비의 호언장담에 유표의 얼굴이 경직되었다.

'앗차! 너무 나갔구나.'

하고 정신을 차린 유비는 술이 취한 체하며 휘청휘청 일어나 유표에게 실례한다고 말하고 숙소로 돌아와 버렸다.

유비가 나가자 병풍 뒤에서 채부인이 모습을 나타냈다. 유표와 유비가 둘이서 애기를 나눌 때에는 언제나 병풍 뒤에서 엿듣고 있던 것이다.

"여보, 지금 유비가 한 말을 어떻게 생각하세요? 유비는 이 형주를 탈취하여 천하를 손에 넣는 발판으로 삼을 작정이라구요. 지금 어떻게든 손을 쓰지 않으면……."

"설마 유비가 그렇게까지는 하지 않을 게요."

유표는 고개를 흔들고 안으로 들어가 버렸다.

채부인은 채모를 불러 의논했다.

"좋은 기회입니다. 때를 노려 유비의 숙소를 습격하여 죽여 버립시다. 저에게 모든 것을 맡겨 주십시오."

채모는 이렇듯 장담을 하고 은밀히 병력을 모아 밤이 깊어지기를 기다렸다.

이것을 유표의 부하인 이적(伊籍)이 알았다.

'채모 녀석, 눈이 뒤집힌 모양이군.'

유비에게 호의를 갖고 있던 이적은 서둘러 객사로 달려가 유비에게 채모의 음모를 전했다. 깜짝 놀란 유비는 숙소를 뛰쳐나와 신야로 도망쳤다.

채모가 병력을 이끌고 숙소를 에워쌌을 때에는 유비는 이미 멀리 떠나고 없었다.

"젠장, 용케도 알고 달아났군……."

채모는 분해했으나 곧 다음 꾀를 생각해냈다.

며칠 뒤, 채모는 유표 앞에 나아가 말했다.

"지난 2, 3년 동안 형주에서는 풍작이 계속되고 있사오니 각 지역의 관리들을 불러 노고를 치하하는 모임을 열려고 합니다. 주공께서도 참석해 주시기 바랍니다."

그러나 유표는 고개를 흔들었다.

"나는 요즘 몸 상태가 좋지 않아서 그 모임에 참석하는 것은 무리라고 생각된다. 자식들을 보내겠다."

"하지만 아직 어린 도련님들이라서 수많은 관리들을 접대하는 주인역을 맡기기에는 무리라고 생각합니다."

"그렇다면 신야의 유비에게 부탁하면 좋겠구나."

"알았습니다. 그렇게 하겠습니다."

채모는 자신의 계획대로 진행되자 웃음이 터져 나오려는 것을 꾹 참고 유표 앞에서 물러났다. 처음부터 유비를 양양으로 유인해 살해할 계획이었던 것이다.

즉시 유표의 전갈을 보내는 사자가 신야로 갔다. 유비는 이전에 채모의 흉계를 겪은 일이 있었기 때문에 마음이 내키지는 않았지만, 유표의 초대인지라 하는 수 없이 승낙했다.

이윽고 그날이 되었다. 유비는 만일을 위해 호위역으로 조운을 데리고 300명의 병사를 이끌고 양양으로 향했다.

연회장에는 각 지역에서 올라온 수백 명의 관리들이 몰려들었다. 조운은 모임의 주인역을 맡은 유비 뒤에 서서 방심하지 않고 경계를 하고 있었는데, 식이 끝나고 연회가 시작되자 채모의 부하들이 별도로 자리를 마련해 놓았다고 하면서 데리러 왔다.

"아니, 괜찮습니다."

하고 조운은 점잖게 거절했다.

채모의 부하들은 그래도 물러나지 않고 계속 집요하게 권했다. 유비가 그 모습을 보니 오히려 조운이 안쓰러워 보였다.

"오늘은 축하하는 자리다. 그대도 오랜만에 한 잔의 술로 피로를 푸는 것이 좋을 것이다."

라고 하면서 조운을 물러나게 했다.

유기와 유종도 참석해 자신의 양쪽에 앉아 있었기 때문에 달리 걱정하지 않고 안심한 것이었다.

3

술이 몇 순배 돌고 연회의 분위기가 절정에 도달하기 시작했을 무렵, 이적이 유비의 자리로 찾아왔다.

"이제 슬슬 옷을 갈아입으시는 것이 어떻겠습니까?"

그렇게 말하며 이적은 의미 있는 눈짓을 했다.

유비는 고개를 끄덕이고는 자리에서 일어섰다. 변소에 가는 체하고 뒤뜰로 돌아가니까, 이적이 유비가 타고 온 말을 끌고 기다리고 있었다.

"오늘 모임은 채모가 유비님을 없애기 위해 연 것입니다. 채모는 부하에게 명하여 조운을 유비님 옆에서 떼어놓고, 데리고 온 병사들도 유비님의 명령이라고 거짓말을 하여 모두 숙소로 돌려 보냈습니다. 연회장 주위와 동쪽, 북쪽, 남쪽의 성문은 모두 채모의 군사가 지키고 있습니다. 다만 서쪽 성문에는 병사들이 없는 것 같으니까 그곳으로 빠져 나가시는 것이 좋을 것입니다."

"고맙네. 내가 이 은혜를 언젠가는……."

유비는 말을 끝내기도 전에 훌쩍 말에 뛰어 올라 서쪽 성문을 향해 달려 갔다.

이적이 말한 대로 서쪽 성문에는 문지기 몇 사람만 있을 뿐이었다. 유비는 문지기에게 눈도 주지 않은 채 말에 채찍질을 가해 성문을 빠져나갔다.

정신없이 계속 달려가던 유비는 몇 리쯤 간 곳에서 황급히 말을 멈췄다. 한 줄기 큰 계류가 앞길을 가로막았던 것이다.

단계라고 불리는 이 계류는 폭이 넓지는 않았지만 급류였다. 거친 물결이 소용돌이를 치고 하얗게 거품을 일으키며 맹렬하게 흘러 내려가고 있었다. 건너가려고 하다가는 사람과 말이 눈 깜짝 할 사이에 흐름에 휩쓸려 목숨을 잃게 될 것이다. 채모가 서쪽 성문에 병사를 배치하지 않은 것은 이 급류가 있기 때문이었다.

유비는 말 머리를 돌리려고 했다. 그러자 멀리 양양성 쪽에서 흙먼지가 일어나는 것이 보였다. 추격대인 것 같았다.

'이판사판 아닌가!'

유비는 말 머리를 돌려 대담하게 급류 속으로 뛰어 들어갔다.

말은 목을 쳐들고 흐름에 밀려 나가면서도 필사적으로 버티고 몇 걸음 전진했다. 그러나 거기에서 앞발을 헛디뎠다. 그러자 유비의 몸이 거의 물에 잠겼다.

"적로야, 적로야, 벌써 나에게 재앙을 가져다주려는 거냐!"

유비는 엉겁결에 말의 이름을 부르며 안타깝게 소리쳤다.

이 말은 유비가 유표의 부탁을 받고 강하에서 일어난 반란을 진압하였을 때, 조운한테 죽임을 당한 반란군 대장이 타던 말이었다.

어떤 사람이 이 말은 '적로(的盧)'*라고 하면서, 타는 사람에게 재앙을 가져다 주는 말이니까 타지 말라고 충고했다. 유비는 웃으면서 기껏해야 말 한 마리로 인간의 생사가 달라지는 것은 아닐 것이라고 여겨 그대로 타고 다녔던 것이다.

지금 적로는 그야말로 유비에게 재앙을 가져다주려 하고 있었다. 그러나 그것도 잠시, 적로는 물 속에서 몸을 추스르는가 싶더니 크게 도약하여 3장(丈=1장은 10자, 즉 약 3미터)이나 공중을 날아 맞은편 언덕으로 올라섰다.

유비는 꿈을 꾸고 있는 듯한 기분으로 그대로 적로를 달리게 하다가 문득 정신을 차리니 해가 어느새 서쪽으로 넘어가고 있었다.

'여기는 어디쯤일까?'

주위를 둘러보니 건너쪽에서 소의 등에 타고 피리를 불면서 다가오는 사내아이가 있었다.

"애야! 여기가 어디냐?"

적로

삼국지에는 많은 명마들이 나오는데 유비의 적로 역시 그 중의 하나이다. 관우의 적토마가 가장 유명하지만 조조의 절영, 조앙비전 등도 명마로 이름을 날린다. 적로는 흉마라 하여 타는 사람을 죽음에 이르게 한다는 이야기가 있다.

유비가 묻자 사내아이가 돌아보더니,

"아저씨는 유현덕님 아니십니까?"

하고 피리를 입에서 떼고 놀란 표정으로 되물었다.

"어떻게 내 이름을 알고 있느냐?"

유비 쪽도 놀랐다.

"저희 스승님께서 유현덕이라는 분은 양쪽 귀가 어깨에 닿을 정
도로 크다고 말씀하시는 것을 들었기 때문입니다."

사내아이가 유비의 귀를 가리켰다.

"스승님이 누구시냐?"

"스승님의 이름은 사마휘이시고, 호는 수경 선생이라고 합니다."

"어디에 살고 계시느냐?"

"여기서 그리 멀지 않은 곳입니다."

"나를 안내해 주지 않겠느냐?"

유비는 자신에 대해서 잘 알고 있는 사마휘라는 인물을 만나보고
싶었다.

사내아이를 따라 얼마쯤 가니까 오른편에 울창한 대나무 숲이 보
였다.

"이쪽입니다."

사내아이는 대나무 숲속의 길을 따라 들어갔다. 유비가 뒤를 쫓
아 들어가니 아담한 초가집이 한 채 보였다. 집에서는 거문고 소리
가 청아하게 들려 왔다.

유비는 문 앞에서 말을 내렸다. 그러자 거문고 소리가 뚝 그치면서,

"거기에 온 것은 누구냐? 피비린내 나는 공기에 거문고 소리가 탁해졌다!"

하는 날카로운 목소리가 집 안에서 들려왔다.

4

목소리의 주인은 학처럼 바싹 야윈 선풍도골의 노인이었다.

노인은 유비를 방으로 안내하더니 자신은 사마휘(司馬徽)라고 했다.

"황숙님은 어떻게 이런 곳을 찾아오셨소?"

사마휘가 물었다. 유비는 양양에서 있었던 사건을 간략하게 추려서 대답해 주었다.

"그것 참 큰일 날 뻔했소. 그러나 황숙님 정도 되시는 분이 어째서 채모와 같은 속된 자에게 목숨이 위태로워질 정도가 되었는지 스스로 생각해 보셨소?"

"저에게 운이 없기 때문이겠지요."

"아니, 그렇지 않소."

사마휘는 고개를 흔들었다.

"황숙님 주위에 뛰어난 인재가 없기 때문이오. 관우, 장비, 조운

등의 맹장들은 있으나 애석하게도 그들을 잘 부릴 수 있는 사람이 없는 것이오. 손건이나 미축으로는 그런 인물들을 손발처럼 움직이게 할 수가 없지요."

유비는 사마휘가 자신에 대해 너무 잘 알고 있는 것에 다시 한번 놀랐다.

"저도 오랫동안 뛰어난 인재를 찾고 있었습니다만 좀처럼 만날 수가 없습니다."

"황숙님이 찾고 있는 인재가 이 고장에 있소."

"넷, 정말입니까?"

"와룡과 봉추, 이 두 사람 가운데 어느 쪽인가 한 사람이라도 얻는다면, 어지러운 세상을 바로잡고 천하를 손에 넣으려고 하는 황숙님의 소원도 이루어질 것이오."

"그 와룡과 봉추란 어떤 사람들입니까?"

유비는 바짝 다가앉으며 간절히 물었다.

그러자 사마휘는 '껄껄' 웃고는,

"알았소, 알았소."

하고 고개를 끄덕이면서 얘기를 딴 데로 돌려 버렸다.

그날 밤, 유비는 사마휘의 집에서 묵게 되었다. 여러 가지 생각이 떠올라 잠을 이루지 못하고 있는데 한밤중에 문을 두드리고 들어오는 기척이 났다.

"원직이 아니냐? 어찌된 일이냐?"

사마휘의 목소리가 들렸다. 그러자 젊은 남자의 목소리가 대답했다.

"형주의 유표가 인재를 구하고 있다고 해서 가보았습니다만, 아무래도 틀렸습니다. 그래서 선생님께 의논을 드리려고 찾아뵌 것입니다."

"너는 뛰어난 재능을 갖고 있는데도 그렇게 사람을 보는 눈이 없느냐? 네 재능을 살릴 수 있는 영웅이 바로 눈앞에 있는 것을 알지 못하느냐?"

"죄송합니다. 드디어 선생님의 말씀으로 눈을 떴습니다."

젊은이는 기뻐하면서 돌아가는 것 같았다.

날이 밝자, 유비는 얼른 사마휘를 만나 물어보았다.

"어제 밤 늦게 누군가가 찾아오신 것 같았는데 그게 누구입니까?"

"내가 잘 아는 사람이오."

"제가 만나 얘기를 들어보고 싶은데 어디 사는 누구입니까?"

"좋은 주인을 섬기고 싶다고 하면서 다른 곳으로 갔소."

"그렇다면 하다못해 이름만이라도 가르쳐주실 수는 없습니까?"

"알았소, 알았소."

"어제 말씀하신 와룡과 봉추란 어떤 분입니까?"

"알았소, 알았소."

사마휘는 가볍게 웃기만 할 뿐 대답을 해 주지 않았다.

그때 어제 만난 사내아이가 뛰어 들어왔다.

"기운이 세어 보이는 대장이 많은 병사들을 데리고 찾아왔습니다!"

유비가 밖에 나가 보니 조운이었다.

"지금껏 찾아다녔습니다. 무사하셔서 다행입니다."

조운은 안도한 듯이 유비 앞에 무릎을 꿇었다.

어제, 조운은 유비의 지시대로 다른 방에 가서 술 한잔을 마시고 있었는데, 이적이 찾아와 유비가 서쪽 성문으로 혼자 피신해 갔다고 가르쳐주었다. 놀란 조운은 숙소로 돌아가 병사들을 이끌고 유비를 찾아 나섰다. 여기저기 밤새도록 찾아 헤매다가 가까스로 이 근처에 사는 사람이 유비 같은 사람을 보았다고 해서 그리로 달려온 것이었다.

유비는 사마휘에게 사의를 표하고 조운과 함께 신야로 돌아갔다. 그리고 양양의 모임에서 일어난 일을 유표에게 보내는 편지에 상세히 적어 손건에게 들려 형주로 보냈다.

유표는 유비의 편지를 읽고 격노했다. 즉각 채모를 불러 혼쭐을 내고는 좌우에다 끌어내 참수하라고 명했다. 채부인이 달려와서 목숨을 구해 달라고 빌어도 용서하지 않았으나, 손건이 채모님이 죽임을 당하는 것을 유황숙님 또한 원치 않는다며 사정을 했기에 유표는 채모를 용서해 주었다.

"내가 알지 못했다고는 하지만 유비 아우님에게는 참으로 변명할

여지가 없는 짓을 했네. 내 아들 유기를 사죄하러 보낼 테니 용서해 주십사하고 전해 주오."

유표는 손건에게 부탁하고 곧 유기를 불러 손건과 함께 신야로 가서 유비에게 사과하라고 명했다.

수수께끼의 군사(軍師)

1

그 젊은이는 며칠 전부터 신야성 안에 모습을 나타냈다. 갈포의 두건을 쓰고 베옷에 검은 띠를 매고 검은 신발을 신고 있었다. 그는 대략 20대 후반으로 보였다.

그는 매일 성안의 이곳저곳을 서성거리며 돌아다니고 있었다. 시장에서 물건을 살 때나 사람들과 이야기할 기회가 있으면 반드시 유비의 평판을 물어보았다. 이따금 큰소리로 노래 같은 것을 부르고 있었으나 듣고 있는 사람들은 그게 무슨 소린지 의미를 알 수가 없었다.

유비가 그를 만난 것은 채모의 일 때문에 사과를 하러 왔다가 형주로 돌아가는 유기를 전송하고 돌아오는 길이었다. 그는 큰소리로 노래를 부르며 유비의 반대쪽에서 걸어 왔다.

커다란 집이 쓰러지려고 하네

혼자서 지탱하기가 어렵구나

주인은 먼 곳에 도움을 청하네

내가 여기에 있는 줄도 모르고

노래를 듣고 있던 유비는 혹시 어쩌면 이 사람이야말로 사마휘가 얘기하던 와룡과 봉추 중 하나가 아닐까 하고 생각했다.

"잠깐 봅시다."

유비는 그를 불러 세웠다.

"물어보고 싶은 것이 있소. 함께 가주겠소?"

그는 빙긋이 웃으며 고개를 끄덕였다.

현의 관아에 그를 안내한 유비는 새삼스럽게 인사를 나누었다. 그가 말했다.

"저는 영천 사람으로 단복이라고 합니다. 장군님이 유능한 인재를 구하고 있다는 얘기를 듣고 찾아뵈려고 했으나 연줄이 없어 이렇게 노래를 부르며 말을 걸어 주시기를 기다리고 있었습니다."

"역시 그랬었군."

유비는 손뼉을 치며 기뻐했다.

"그런데 장군님이 타시던 말은 적로라고 해서 주인에게 재앙을 가져다 줍니다. 타시지 않는 편이 좋을 것입니다."

유비가 단계에서 있었던 얘기를 하자 단복은 고개를 흔들었다.

"그것은 주인을 구한 것이지 재앙을 가져다준 것은 아닙니다. 언젠가는 반드시 재앙을 가져다줄 것입니다. 저는 그 재앙을 예방하는 방법을 하나 알고 있습니다."

"어떻게 하면 좋겠는가?"

"수행원에게 일단 적로를 빌려 주고, 그 자가 재앙을 당한 후에 타시는 것입니다. 그러면 액땜을 한지라 괜찮습니다."

유비는 잠시 단복을 정면으로 바라보았다.

"이대로 돌아가 주게. 자신의 재앙을 남에게 뒤집어 씌우라고 권하는 자는 나에게는 필요없네."

유비는 불쾌한 표정이 역력했다.

"하하하하, 역시 장군님은 소문대로 정직하시군요."

단복은 유쾌한 듯이 웃었다.

"사실은 지난 4, 5일 동안 성안을 돌아다니며 이 고장 사람들에게 장군님의 평판을 물어보았습니다. 누구나 다 장군님은 인정이 많고, 바르지 않은 일을 용서하지 않는다고 칭찬을 했지만 그대로 믿을 수가 없어 한 번 시험해 본 것입니다. 용서해 주십시오."

"아닐세, 나에게는 남이 칭찬할 정도의 덕이 없네. 여러 가지로 그대의 가르침을 받고 싶네."

"장군님의 힘이 되겠습니다."

단복은 새삼스럽게 유비 앞에 양손을 짚고 인사를 올렸다.

유비는 곧 단복을 군사로 발탁했다.

한편, 이 무렵에 조조는 남방으로 시선을 돌려 장차 형주를 공략하려고 선봉대격인 부대를 편성하여 조인, 이전, 여광, 여상 등을 대장으로 삼아 3만 병사를 번성에 파견하면서 가능한 싸우지 말고 유표와 유비 진영의 실정을 내탐하도록 지시했다.

'형주를 공략하려면, 우선 신야의 유비부터 멸망시켜 버리지 않으면 두고두고 화근이 될 것이다.'

그렇게 생각한 조인(曹仁)은 여광과 여상에게 5천 병사를 주어 신야를 공격하게 했다.

척후병이 유비에게 이 사실을 알렸다. 유비는 즉시 단복을 불러 대책을 협의했다.

"걱정하실 것 없습니다. 우리 영내에는 한걸음도 들여 놓게 하지 않을 테니까요."

하고 단복은 장담했다.

단복은 즉시 작전계획을 세워 일일이 지시했다. 이윽고 여광과 여상의 군사들이 밀려 왔다. 조운이 출동하여 정면으로 맞아 싸워 즉각 여광을 죽이자, 때를 놓치지 않고 유비가 공격을 가했다. 여상이 더 이상 견디지 못하고 퇴각하는 것을 관우가 달려들어 무참하게 짓밟았다.

그것으로 끝난 것이 아니었다. 간신이 도망친 여상도 10리를 채가지 못하고 매복해 있던 장비에게 기습을 당해 죽고, 태반의 병사가 생포되었다.

싸움은 유비의 신야 쪽 완승으로 끝났다. 전부 단복의 작전 그대로 적중한 것이었다.

도망쳐온 병사들로부터 여광과 여상이 죽음을 당하고 태반의 병사들이 생포되었다는 소식을 들은 조인은 몹시 화가 치밀어,

"이렇게 된 이상 내가 직접 공격하여 신야성을 짓밟아 버리겠다."

하고 2만 병력을 동원하여 번성을 출발하여 신야와의 경계를 흐르는 백하(白河)를 건넜다.

한편, 신야에서는 승리의 축연에 들떠 있었다. 누구보다도 기뻐한 것은 유비였다.

"이런 대승은 나에게 처음이다. 이것은 모두 군사* 덕택이다."

하고 단복을 크게 칭찬하고 격려해 주었다.

"이 정도의 일로 칭찬을 받는 것은 분에 넘칩니다."

단복은 어디까지나 냉정했다.

"지금부터가 진짜입니다. 틀림없이 조인은 두 대장이 전사했다는 보고를 들으면 겁을 내지 않고 오히려 대군을 이끌고 쳐들어올 것입니다."

"음, 그렇게 되면 우리 병사들 수가 적으니 아예 성에서 농성하는 것이 좋겠구나."

"아닙니다. 조인이 전 군을 동원하여 공격해 오면 오히려 우리가 마주쳐 나가는 것이 좋습니다. 저에게 계책이 하나 있습니다. 이렇게 하도록 하십시오."

단복은 유비의 귓가에 대고 속삭였다.

"과연 좋은 방법이다."

유비는 감탄한 듯이 단복을 바라보았다.

단복이 세운 계책에 따라 유비는 곧 준비를 갖추고 있는데 때마침 조인이 백하를 건너 신야 경계로 진격해 온다는 연락이 들어왔다.

"제가 생각했던 대로입니다."

단복은 빙긋이 웃고 유비에게 출진을 재촉했다.

조인은 신야성으로부터 10리쯤 떨어진 곳에 진을 쳤다. 단복은 유비를 안내하여 그 근처의 언덕으로 올라갔다. 조인의 2만 병력이 전투 대형을 유비의 유지한 채 눈 아래서 당당하게 진을 펼치고 있었다.

"장군님께서는 이 진형을 알고 계십니까?"

하고 단복이 조인의 진을 가리키며 물었다.

"아니, 모른다."

"이것은 '팔문금쇄(八門金鎖)진'이라고 합니다. 팔문이란 휴, 생, 상, 도, 경, 사, 경, 개의 여덟 개의 문을 말하는데, 생문(生門), 경문(景門), 개문(開門)으로부터 공격하면 이길 수 있지만, 상문(傷

군사(軍師)
군대를 총괄하는 직책으로 나중에 참모나 책사의 대명사가 된다. 군의 작전계획을 수립하며 막료와 비슷하지만 연의에서는 일종의 정승 역할까지 하는 것으로 묘사했다.

門), 경문(驚門), 휴문(休門)으로 들어가면 많은 병사들이 부상을 당하고, 두문(杜門)과 사문(死門)으로 들어가면 전멸합니다."

단복은 채찍을 들어 가리키며 하나하나 설명해 나갔다.

"저 진*은 상당히 잘 갖추어져 있지만, 중앙에 힘이 없습니다. 동남쪽 모퉁이의 생문으로 쳐들어가 서쪽의 경문으로 빠져 나온다면, 진형이 조각나게 될 것입니다."

그래서 유비는 조운을 불러 수하의 군사들을 데리고 동남쪽 모퉁이로부터 쳐들어가 서쪽을 향해 단숨에 달려 빠져나오도록 명했다.

"알았습니다."

조운은 명령을 받고 500기를 엄선하여 동남쪽 모퉁이로부터 공격해 들어가 본진에 쇄도했다. 조인은 당황해 피했으나 조운은 뒤쫓지 않고 그대로 서쪽 경문으로 빠져 나가 다시금 동남쪽 모퉁이로 돌아갔다.

조인이 포진한 '팔문금쇄진'은 순식간에 무너져 버렸다. 거기에 유비의 군사들이 공격을 가했다. 그러자 조인의 병력은 우왕좌왕하다가 그대로 패주했다.

"이 진을 격파하다니, 유비 밑에는 꽤 재능있는 군사(軍師)가 있는 것 같다."

화가 난 조인은 병사들을 재결집하여 이번에는 야습을 감행했다.

그러나 조인의 병사들이 유비의 본진으로 뛰어든 순간, '확' 하고 불길이 치솟아올라 사방에 둘러친 목책이 불타기 시작했다. 조인의 병사들은 불속에 갇힌 신세가 되었다. 단복이 야습이 있을 것을 꿰뚫어 보고 준비했던 것이다.

"후퇴! 후퇴하라!"

조인이 황급히 군사들을 퇴각시켜 겨우 불구덩이에서 도망쳐 나왔을 때 이번에는 창을 꼬나쥔 조운이 덤벼들었다. 조인은 싸울 뜻을 잃고 말을 달려 백하의 강기슭까지 도망쳤다. 그리고 배를 찾아 건너려고 했다. 거기에 장비의 군사들이 몰려왔다.

"기다리고 있었다, 조인!"

조인은 필사적으로 싸웠으나 병사의 대부분을 잃고 이전의 도움을 받아 가까스로 강을 건너갔다. 정신없이 번성이 보이는 곳까지 도망치고 겨우 숨을 돌렸다.

여기까지 오면 괜찮겠지 하고 조인은 가슴을 쓸어내리며 큰소리로 외쳤다.

"성문을 열어라!"

그러자 북소리가 울리고 성문이 활짝 열리더니 일단의 병력이 달려 나왔다.

"네 이놈들, 잘도 여기까지 살아 왔구나!"

진법(陣法)

주역과 팔괘 기타 성복서의 원리로 물건을 배치하여 조화를 부리는 방법. 군사를 부리는 진법 같은 것(삼국지의 팔진도나 팔문금쇄진). 우리나라 이순신 장군의 학익진도 진법의 하나이다.

껄껄 웃으며 선두에 서 있는 것은 청룡언월도를 빗겨 든 관우였다. 단복의 지시로 텅 빈 번성을 앞질러 점령하고 있었던 것이다.

관우의 공격을 받은 조인은 대부분 병력를 잃고, 비참한 모습으로 허도를 향해 도망쳤다.

대승을 거둔 유비와 일행은 번성으로 들어갔다.

현령(縣令) 유필(劉必)이 마중을 나오고 환영의 주연이 펼쳐졌다. 그 자리에서 유비는 늠름한 모습을 한 젊은이를 주목했다.

유필의 조카인데 구봉이라고 하며, 부모와 사별하고 유필 밑에 있다고 했다.

유비는 그 젊은이가 마음에 들었다. 유필에게 부탁해서 양자로 맞아들여 유봉(劉封)이라고 이름을 바꾸게 했다.

"형님께는 이미 아두라는 후계자가 있잖습니까? 양자를 들이면 후계자 자리를 둘러싸고 나중에 골치 아픈 일이 일어납니다."

관우가 만류했으나 유비는 듣지 않고, 조운에게 번성의 수비를 맡긴 후 유봉을 데리고 신야로 돌아왔다.

2

한편, 허둥지둥 허도로 도망쳐 돌아온 조인과 이전은 조조 앞에 엎드려 처벌을 기다렸다.

"싸움이란 이길 때도 있고 질 때도 있는 법이다. 마음을 쓰지 마라."

조조는 웃으며 두 사람을 용서하고 패전에 대한 책임을 묻지 않았으나, 유비가 팔문금쇄진을 깨뜨린 데 대해서는 고개를 갸웃거렸다.

"거참 이상하군. 유비가 그 정도로 병법에 능하다는 얘기는 들어본 일이 없다. 누군가 유비를 도와 작전을 지휘한 자가 있었던 것이 아닐까?"

"단복이라는 자가 유비의 군사가 되었다는 얘기를 들었습니다."

하고 조인이 대답했다.

"단복이라? 들어본 적이 없는 이름이구나. 누군가 알고 있는 사람 있는가?"

조조가 늘어서 있는 참모들을 둘러보니 정욱이 혼자 웃고 있었다.

"정욱, 그대는 알고 있는가?"

"네, 알고 있습니다."

정욱이 고개를 끄덕이고 얘기하기 시작했다.

"그 사람은 젊었을 때 검술을 좋아했는데, 언젠가 친구의 원수를 죽였습니다. 그때 얼굴에 분을 바르고 머리칼을 흐트러뜨리고 도망쳤지만 관리에게 붙잡혔습니다. 이름을 물어도 대답을 하지 않았기 때문에 관리는 수레에 태워 광장에 내놓고 고을 사람들로부터 이름을 알아내려고 했으나 아무도 그 이름을 말하지 않았다고 합니다. 그러는 사이에 동료들이 구출해 내서 이름을 바꾸고 다른 지방으로 도망쳤습니다. 그 후부터 마음을 바꿔 학문에 힘썼습니다. 어느 정도 익히자 이번에는 각지를 돌아다니며 이름있는 사람들을 찾아가 여러 가지로 가르침을 받았는데, 사마휘로부터 가장 깊은 영향을 받은 것 같습니다. 그러니까 그 사람은 영천 출신의 서서이고, 자는 원직(元直)이며 단복은 가명입니다."

"꽤 재미있을 것 같은 인물이로군."

조조는 흥미를 느낀 것 같았다.

"그 서서라는 친구의 재능은 어느 정도 되는가?"

"저의 열 배 정도는 될 겁니다."

"흠, 아까운 인물을 유비에게 빼앗긴 것 같구나. 이제 유비를 치는 것은 더욱더 어려워졌다."

"그렇다면 서서를 유비에게서 떼어놓으면 될 것입니다."

"그런 일을 할 수 있느냐?"

"할 수 있습니다. 서서는 효자입니다. 어렸을 적에 부친을 잃고, 홀어머니 밑에서 자라났습니다. 그 어머니의 뒷바라지를 동생이 하고 있었지만, 최근에 동생이 죽어 어머니는 혼자가 되었습니다. 그러니까 이 어머니를 허도로 데려와 서서를 불러들이는 편지를 쓰게 하는 것입니다. 그 편지를 보면 서서는 유비를 떠나 달려올 것이 틀림없습니다."

"그러냐? 좋은 방법이다."

기뻐한 조조는 즉시 사람을 영천으로 보내 서서의 어머니를 허도로 데려오게 했다.

"노부인이 서서의 어머님이십니까?"

조조는 서서의 어머니를 맞이하자 상냥하게 말을 걸었다.

"실은 노부인을 모셔 오라고 한 것은 다름이 아니라, 작은 부탁을 하나 드리고 싶어서였습니다."

"어떤 일입니까?"

서서의 어머니는 조조와 주위 사람들을 둘러보며 물었다. 그 앞에는 붓과 종이와 벼루가 놓여 있었다.

"다름이 아니라, 노부인의 아드님 서원직은 훌륭한 인물이라고 들었습니다. 그러나 지금은 조정에 대항하는 유현덕을 돕고 있습니다. 이는 반역과 같습니다. 그러니까 노부인이 편지를 써서 아드님을 불러 주시기 바랍니다. 그렇게 하면 천자님께 말씀드려 아드님에게 높은 관위와 관직을 내리도록 하겠습니다."

"유현덕은 어떤 분이십니까?"

"탁군에서 돗자리 장사를 하던 놈인데 태연히 사람을 배신하는 비열한 자입니다."

그 순간, 서서의 어머니는 얼굴을 똑바로 쳐들고 조조를 노려보았다.

"무슨 말씀을 하시는 것입니까? 유현덕님이 어지러운 세상을 바로잡으려고 싸우시는 영웅이라는 것은 세살 먹은 어린아이도 다 알고 있습니다. 아들이 그런 분을 섬기고 있다는 것은 더할 나위 없이 기쁜 일입니다. 당신이야말로 조정을 업신여기는 역적 아닙니까?

아들에게 역적을 섬기게 하는 더러운 편지 같은 것은 죽어도 쓰지 않겠습니다!"

이렇게 말하자마자 서서의 어머니는 눈앞에 있는 벼루를 집어 조조를 향해 던졌다.

"이게 무슨 짓이오!"

조조는 화가 머리끝까지 나서 고함을 쳤다.

"얘들아, 이 할망구의 목을 쳐라!"

"안 됩니다. 마음을 가라앉히십시오."

정욱이 당황해서 만류했다.

"서서의 어머니는 일부러 장군님을 화나게 만들어서 자신을 죽이게 하려는 것입니다. 어머니가 살해되면 서서는 더욱더 유비에게 충성할 것입니다. 이번 일은 저에게 맡겨 주십시오."

"알았다. 그대에게 맡기겠다."

조조는 가까스로 마음을 가라앉히고 고개를 끄덕였다.

정욱은 집을 한 채 빌려 서서의 어머니를 살게 했다. 매일처럼 얼굴을 내밀고 이것저것 뒷바라지를 해 주고 때로는 선물을 보내기도 했다. 그렇게 하는 동안에 서서의 어머니도 차츰 마음의 문을 열어 선물에 대한 감사장을 보낼 정도가 되었다.

이렇게 해서 서서 어머니의 필적을 손에 넣은 정욱은 그 필적을 흉내내 서서에게 가짜 편지를 써보냈다.

3

어머니의 부탁을 받았다는 사람이 신야의 단복(서서)에게 한 통의 편지를 전한 것은 그로부터 얼마 뒤의 일이었다.

어머니가 보낸 편지라고 해서 단복은 서둘러 펼쳐 보았다.

너는 건강히 잘 있느냐? 얼마 전에 네 동생이 죽어서 나는 외톨이가 되었다. 그런데 얼마전에 조조라는 사람이 사자를 보내 허도로 올라왔다. 무슨 일이냐고 했더니, 네가 조정에 반항하는 유현덕을 섬기고 있어 나에게도 죄를 묻겠다는 것이다. 지금 이 어미는 몸도 마음도 아프지 않은 곳이 없다. 죽기 전에 네 얼굴이라도 한 번 본다면 여한이 없겠다. 이 글을 보는 대로 허도로 와서 어미를 찾아다오.

읽어 내려가는 사이에 단복의 눈에서는 눈물이 하염없이 흘러 내렸다.

다음 날 아침 일찍, 단복은 어머니가 보낸 편지를 들고 유비 앞으로 나갔다.

"사실 단복이라는 것은 가명이고, 제 본명은 서서이고 자는 원직이라고 합니다."

그렇게 말하고 서서는 지금까지의 신상 얘기를 털어놓았다.

"그랬었군……."

유비는 원직이라는 말을 듣고, 언젠가 밤 늦게 사마휘의 집을 찾았던 사람을 생각해냈다.

"그런 연유로 장군님을 모실 수 있게 되었고, 또 얼마간 힘이 되어 드릴 수 있어 저도 기뻐하고 있었습니다. 그런데 어머니가 보낸 편지에 의하면, 조조에게 붙잡혀서 제가 오지 않으면 목숨이 위태롭다고 합니다. 장군님을 위해 목숨을 걸고 일을 할 생각이었습니다만, 홀로 계신 어머니를 구하기 위하여 가지 않으면 안 되게 되었습니다. 부디 헤아려 주십시오."

서서는 어머니의 편지를 바치고 유비 앞에 무릎을 꿇었다.

"부모와 자식은 떨어져서는 안 되는 법. 하물며 목숨이 위태롭다고 하니 더 말할 필요가 없는 일. 속히 허도로 가보도록 하오."

유비 역시 서서 어머니의 편지를 읽고 눈물을 글썽이며 말했다.

이튿날, 서서는 신야를 떠났다. 유비는 여러 장수들과 함께 성 밖까지 전송했다.

5리쯤 가서는 이별의 소연을 열고, 10리쯤 가서는 술을 나누며 작별을 아쉬워하고 있는 사이에, 어느 덧 20리나 와버렸다.

"이제 그만 돌아가 주십시오. 작별이 더욱 괴로워질 뿐입니다."

서서는 그렇게 말하고 마지막 작별을 고하고는 말을 달려 사라져갔다.

유비는 서서의 모습이 보이지 않게 될 때까지 전송을 하고 이윽

고 체념을 하고 말 머리를 돌리려고 했다. 그때 흙먼지가 일어나더니 서서가 되돌아오는 것이 보였다.

"제가 마음이 심란하여 중요한 일을 말씀드리는 것을 깜빡 잊었습니다."

서서가 조심스럽게 말했다.

"저의 친구 가운데 정말 걸출한 인재가 한 명이 있습니다. 양양에서 200리 되는 융중이란 곳에 살고 있습니다. 장군님께서 직접 찾아가 영입하도록 하십시오."

"어떤 사람이오?"

"그는 언제나 자신을 관중(管仲)이나 악의(樂毅)와 비교를 하곤 했습니다."

유비는 깜짝 놀랐다. 관중은 춘추시대(春秋時代 = 기원 전 8~5세기경)에 살았던 대정치가이고, 악의는 전국시대(戰國時代 = 춘추시대 이후, 진나라에 의해서 천하통일이 될 때까지의 시대) 연나라를 구한 당대의 명장이었다.

"이름은 뭐라고 하오?"

"제갈량(諸葛亮)이라 하고, 자를 공명(孔明)이라고 합니다. 부친을 일찍 여의고, 숙부를 찾아 형주에 왔습니다. 이 숙부가 형주의 유표와 친했으나 그 후 숙부가 돌아가셨기 때문에 동생 제갈균(諸葛均)과 함께 융중에 운둔하면서 밭을 일구고 학문을 하는 생활을 하고 있습니다. 살고 있는 곳에 와룡강이라고 불리우는 언덕이 있어

스스로를 와룡선생이라고 칭하고 있습니다. 이 사람의 조력을 얻을 수 있다면, 장군님께서 뜻하시는 세상이 반드시 실현될 것입니다."

"그렇다면, 수경 선생이 말씀하시던 와룡과 봉추*의 와룡이란 분을 말하는 것 아니오?"

"네. 와룡이란 다름 아닌 제갈공명을 말하고, 봉추란 방통(龐統)을 말한 것입니다. 어쨌든 꼭 그를 찾아가 보십시오."

서서는 공명을 찾아가 보라는 권유를 남기고 말에 채찍을 가해 북쪽으로 떠나갔다.

유비는 서서의 설명을 듣고서 와룡과 봉추에 대한 수수께끼가 풀렸고, 꿈에서 깨어난 것 같은 심정으로 신야로 돌아왔다.

동시에 유비는 와룡이란 인물에 대한 호기심과 더불어 반드시 그 인물을 얻어 자신의 뜻한 바를 이루고야 말겠다는 결심을 단단히 했다.

와룡봉추(臥龍鳳雛)

와룡은 제갈공명, 봉추는 방통을 일컫는 말이다. 모두 당대 최고의 지략가였다. 유비는 와룡 제갈공명을 얻고 후에 봉추 방통까지 얻어 날개에 날개를 더한 격이 되었으나 아쉽게 방통을 파촉 정벌 때 잃고 만다. 만약 방통이 공명과 함께 유비를 보좌하였다면 삼국시대의 세력 판도는 달라졌을지도 모른다.

삼고초려

1

유비와 헤어진 서서는 말을 재촉하여 이윽고 허도에 도착하니, 정욱이 마중을 나와 조조의 집무실로 데리고 갔다.

"그대가 서서인가? 어머니는 정욱이 정성을 다해 뒷바라지를 하고 있으니까 안심하라."

조조는 서서를 안심시킨 후 슬쩍 떠보았다.

"그건 그렇고, 그대와 같이 재능이 있는 사람이 어째서 유비 같은 조정의 배신자를 섬겼는가?"

"저는 여러 지방을 돌아다니다가 우연히 신야에서 유현덕을 만나 잠시 친해진 것에 지나지 않습니다."

서서는 조조의 속셈을 모르는지라 유비에 대해 아무렇지도 않은 듯이 대답했다.

"그러냐? 그렇다면 나도 그대의 가르침을 소중하게 여기겠다. 지금은 일각이라도 빨리 모친을 만나보고 싶을 게다. 어서 가보도록 하라."

"감사합니다."

서서는 조조 앞에서 물러나서 곧장 어머니가 살고 있는 집으로 달려갔다.

"어머님, 제가 왔습니다!"

서서의 부르는 소리에 어머니가 깜짝 놀라 달려 나왔다.

"어머님의 편지를 받고 급히 달려오는 길입니다."

서서는 어머니 앞에 무릎을 꿇고 눈물을 흘리며 허도로 달려온 경위를 얘기했다.

"이런 어리석기는!"

듣고 나자 어머니의 안색이 싹 달라졌다.

"내가 아무리 늙고 외롭기로서니 그런 터무니없는 편지를 너에게 보낼 것 같으냐?"

"네, 그렇다면?"

"가짜 편지다. 너는 여러 곳을 돌아다니며 스승을 찾아 자신을 갈고 닦았다더니 그런 정도도 꿰뚫어 보지 못한단 말이냐? 모처럼 유현덕님을 섬기게 되었다는 얘기를 듣고 기뻐하고 있었는데, 가짜 편지에 속아 조조와 같은 역적 밑으로 돌아오다니 참으로 어리석구나. 선조님을 뵐 면목이 없다."

어머니는 벌떡 일어나 안으로 들어가 버렸다. 서서는 어찌할 줄 모르며 앉아있는데 하녀가 달려와 울먹이며 말했다.

"큰일났습니다. 어머님께서 목을 매셨습니다!"

깜짝 놀란 서서가 안방으로 뛰어 들어가 대들보에서 끌어 내렸을 때는 어머니는 이미 숨이 끊어져 있었다.

서서는 너무나 어처구니없어 그저 눈물만 흘릴 수밖에 없었다. 이후, 어머니를 허도의 교외에 장사지내고 서서는 세상이 귀찮아져 무덤 옆에 오두막을 짓고 틀어박혔다.

한편, 유비는 서서의 권유에 따라 융중의 공명을 찾아가려고 준비를 하고 있었다.

거기에 불쑥 사마휘가 찾아왔다.

"원직이 황숙님을 섬긴다는 말을 듣고 만나러 왔소."

유비는 애석하다는 표정으로,

"서서는 모친이 조조에게 붙잡혀 있다는 편지가 왔기 때문에 서둘러 허도로 갔습니다."

유비의 말에 사마휘의 표정이 어두워졌다.

"큰일이군. 나는 그 모친을 잘 알고 있는데, 설사 조조에게 붙잡혀 갔더라도 아들을 불러들이는 편지를 쓸 분이 아니오. 아마 가짜 편지일거요. 원직이 가지 않으면 모친도 살아있을 수도 있겠지만, 갔다면 아마 살아 계시지 않을 것이오."

"그것은 또 왜 그렇습니까?"

"가짜 편지에 속아 찾아오는 아들이 부끄러워서지 뭐겠소."

"서서는 헤어질 때 제갈공명이라는 사람을 모셔 오라고 권하고 갔습니다만, 어떤 인물입니까?"

"원직도 가려면 혼자 가면 좋으련만, 쓸데없는 참견을 다 하는군."

하고 사마휘는 쓴웃음을 지었다.

"들은 바에 의하면, 공명은 자신을 관중이나 악의하고 비교하고 있다던데, 그것은 좀 지나친 자부심 아니겠습니까?"

"아니오. 관중이나 악의 정도가 아니라 내가 보기에는, 주나라 800년의 기초를 쌓은 태공망(太公望＝주나라 시대 초기에 활약한 뛰어난 군사), 한나라 400년의 토대를 닦은 장량(張良＝기원 전 2세기 말, 전한의 왕조를 일으킨 유방을 도운 군사) 정도가 비교할 수 있는 인물일 뿐 다른 사람은 어림도 없을 것이오."*

그렇게 말하더니 사마휘는 하늘을 쳐다보며 큰소리로,

"애석하도다, 와룡. 주인을 얻었다고는 해도 때를 얻지 못했도다."

하더니 왔을 때와 마찬가지로 홀쩍 떠나 버리고 말았다.

인중용(人中龍)

사람 중에 매우 뛰어난 사람을 말한다. 인중봉(人中鳳)이라고도 한다. 제갈공명처럼 지략이 뛰어난 사람이나 관우처럼 무예가 뛰어난 사람들을 일컬을 때 쓴다.

다음 날, 유비는 서둘러 관우와 장비를 데리고 공명을 찾아가려고 융중으로 향했다.

융중에 가까이 가자, 들에서 몇 사람의 농부가 노래를 부르며 밭을 갈고 있었다.

푸른 하늘은 동그랗고 땅은 바둑판 같도다

사람들은 흑백으로 나뉘어 이기거나 지거나 한다

이기는 자는 너무 좋아서 빙그레 웃고

지는 자는 그야말로 풀이 죽고 마는구나

하지만 여기는 세상과 떨어진 남양 땅

느긋한 마음으로 편히 자리에 누워서

낮잠을 즐기니 모두들 싫다고 않더라

유비는 노래를 듣자 말을 멈추고 근처에서 밭을 갈던 농부를 불러 물었다.

"그 노래는 누가 지은 것이오?"

"네, 와룡 선생이십니다."

"그 와룡 선생의 집은 어디오?"

"이 산 남쪽 기슭을 넘어가면 높은 언덕이 있는데 와룡강(臥龍岡)이라 합니다. 그 언덕 숲속에 있는 초가집입니다."

유비는 고맙다고 인사를 하고 말을 몰았다.

이윽고 농부가 말한 와룡강이란 곳이 보이기 시작했다. 언덕은 완만하고, 앞쪽에 맑은 물이 흐르고, 숲은 적당히 무성했다. 자못 조용하고 태평스러운 분위기였다.

유비는 초가집 문 앞에서 말에서 내려 문을 두드렸다. 그랬더니 12살쯤으로 보이는 사내아이가 나왔다.

"누구세요?"

사내아이가 물었다.

"좌장군 의성정후 예주목 황숙 유현덕이라고 한다. 와룡 선생을 만나뵈러 왔다고 여쭈어 다오."

"그렇게 긴 이름은 외울 수가 없습니다."

사내아이는 입을 빼물고 대답했다.

"그럼, 유비가 찾아왔다고 전해라."

"선생님께서는 오늘 아침에 나가셨는데요."

"어디에 가셨는가?"

"글쎄요, 어디에 갔는지 모르겠습니다."

"언제 돌아오시는가?"

"일정치 않습니다. 4～5일 걸릴 때도 있고, 보름이 걸릴 때도 있으니까요."

"그런가……."

유비는 낙담했다.

그래도 저녁때까지 기다려 볼 생각이었으나,

"없다면 더 지체 말고 돌아갑시다."

하고 장비가 말리는데다 관우까지도,

"일단 돌아갔다가 집에 있는 것을 확인한 후에 다시 찾아오는 것이 어떻겠습니까?"

하고 권하기 때문에, 유비는 자신이 찾아왔다는 사실을 전해 달라고 사내아이에게 부탁하고는 신야로 돌아왔다.

얼마 후, 사람을 보내서 확인하니 공명이 집에 있다고 했다.

"그렇다면 얼른 가봐야겠구나."

유비는 기뻐하며 말을 준비하라고 명했다. 그러자 장비가,

"기껏해야 시골 청년 하나를 만나기 위해 일부러 형님이 찾아갈 것까지 없잖습니까? 이쪽으로 오라고 부르면 되지 않습니까."

"훌륭한 인재를 모셔오려면 예를 다하지 않으면 안 되는 것이다. 그것을 모르겠느냐?"

유비는 장비를 꾸짖더니 말에 올랐다. 장비는 재미없다는 얼굴로 관우와 함께 뒤를 따라 나섰다.

때는 한겨울인데다가 예상 밖으로 추위가 심하고, 눈구름이 무겁게 드리워져 있었다.

"빌어먹을, 이러다가는 눈까지 내리겠는걸."

장비가 하늘을 쳐다보며 투덜거렸다. 아니나 다를까 융중 땅에 들어서 몇 리도 못가 북풍이 불어오는가 싶더니만 곧이어 심한 눈보라가 몰아쳤다.

"눈까지 길을 방해하는군."

장비가 혀를 찼다.

"형님, 신야로 돌아가 눈이 멈추기를 기다립시다. 이런 눈보라 속을 헤매며 가다니, 바보스러운 것도 정도가 있지요."

"이럴수록 공명에게 성의를 보여야 하는 것이다. 추운 것이 두렵다면 너 혼자 먼저 돌아가거라."

"죽는 것도 두려워하지 않는데 이 정도 추위 같은 것은 하나도 무섭지 않아요. 다만 형님이 쓸데없는 고생을 하고 있는 것이 딱해서 하는 말입니다."

"그렇다면 잠자코 따라 오기나 해라."

유비한테 핀잔을 먹고 장비는 입을 다물어 버렸다.

눈을 뒤집어 써서 온 몸이 새하얗게 되어 가지고서야 세 사람은 공명의 집에 도착할 수 있었다.

"선생은 계신가?"

하고 마중 나온 사내아이에게 물으니까,

"계십니다. 방에서 책을 읽고 계십니다."

하고 사내아이가 대답했다. 사내아이의 뒤를 따라 안으로 들어가니 서재 같은 방에서 한 젊은이가 무릎을 껴안고 책을 읽으며 화로불을 쬐고 있었다.

유비는 젊은이 앞으로 가서 머리를 숙였다.

"일찍부터 선생의 존함을 듣고 한 번 만나뵈려고 생각하고 있었습니다. 지난번에는 공교롭게도 부재중이어서 뵙지를 못했습니다만, 오늘은 다행히 만나뵐 수 있어서 기쁘게 생각합니다."

젊은이는 당황해서 자세를 고쳐 앉더니 답례를 했다.

"유황숙님이시죠? 형님을 찾아오신 모양이군요."

"네, 그러면 당신은 와룡 선생이 아니십니까?"

"저는 아우되는 제갈균입니다. 저희는 3형제인데, 큰형 제갈근은 강동에 가있습니다. 제갈량은 둘째 형입니다."

"그렇습니까? 그런데, 와룡 선생은 어디에 계십니까?"

"어제, 친구와 놀러갔습니다. 산속의 절을 찾아가거나 시골의 친구를 만나러 가거나 하기 때문에 언제 돌아올지 모릅니다."

제갈균이 안 됐다는 듯이 말했다.

"두 번씩이나 찾아왔는데 만나지 못하다니, 어째서 이렇게 운이 나쁘단 말인가?"

유비는 한숨을 내쉬었다.

"형님에게 말해 이쪽에서 찾아뵙도록 하겠습니다."

"아닙니다. 선생이 와주시는 것은 죄송해서 안 됩니다. 다시 찾아오겠습니다. 선생에게 편지를 써놓겠습니다."

유비는 붓과 종이 그리고 벼루를 빌려서 자신의 뜻을 적어 제갈균에게 맡겼다.

돌아올 때에는 눈보라가 한층 더 심했으나 유비는 단념하지 않겠다는 각오를 하며 묵묵히 말을 달려 신야로 돌아왔다.

2

새해가 되고 며칠이 지났다.

유비는 세 번째로 공명을 찾아가려고 좋은 날을 골라 목욕재계하고 의복을 갖춰 입었다.

이것을 보고 관우도 한마디했다.

"형님은 공명이란 젊은이를 너무 과대평가하고 있는 것은 아닙니까? 공명은 사실 재능이 별로인지라 일부러 우리를 만나지 않으려고 몸을 피하고 있는 것 같은 느낌이 듭니다."

유비는 고개를 흔들었다.

"아니다, 공명은 이 세상에서 찾아보기 힘든 인재라고 나는 믿는다."

"인재라면 왜 그런 시골동네에 있겠습니까?"

장비가 퉁명스럽게 가로막고 나섰다.

"형님이 고생하시며 가실 필요 없습니다. 제가 가서 끌고 오겠습니다."

"너는 옛날 주나라의 문왕이 나라를 세우기 전에 태공망을 모신 일을 모르느냐? 문왕은 태공망이 강가에서 낚시를 하고 있는 옆에서 해가 저물 때까지 계속 서서 자기를 돌아다보기를 기다리고 있었다. 인재를 모셔 오려면 그 정도의 정성과 예의를 다하지 않으면 안 되는 것이다. 나와 함께 가는 것이 싫다면 성이나 잘 지키고 있어라.

나는 관우와 함께 다녀오겠다."

"갑니다. 가면 될 것 아닙니까?"

장비는 뾰루퉁한 얼굴로 마지못해서 관우와 함께 뒤를 따라 나섰다.

마침내 세 번째로 와룡강에 도착하여 공명의 집 문을 두드리니* 사내아이가 나왔다.

"선생님은 계시느냐?"

"예. 하지만 지금 낮잠을 자고 계십니다."

"그럼, 기다리기로 하지."

유비는 관우와 장비를 바깥채에서 기다리게 하고, 혼자 안채로 들어갔다. 거실 침대에 한 사람이 자고 있었다. 유비는 손을 포개고 뜰에 서서 잠이 깨기를 기다렸다.

한 시간쯤 지났으나 아직도 잠을 깨지 않았다. 밖에서 기다리고 있던 관우와 장비는 아무 소리도 들리지 않았기 때문에 안을 들여다보았다. 그랬더니, 유비를 뜰에 세워 놓은 채 공명으로 보이는 사나이가 침대에 다리를 쭉 뻗고 편안히 잠을 자고 있는 것이 아닌가.

"저 녀석, 형님을 뜰에 세워 두고 거짓으로 잠자는 체를 하고 있다구요. 뒤로 돌아가서 집에다 불을 확 질러 버려야지. 그러면 싫어도 잠에서 깨어날 게 아닙니까."

불같이 화내는 장비를 관우가 달래 문 밖으로 끌고 나갔다.

"잠깐 기다리게. 형님이 저렇게 꾹 참고 있는 것은 깊은 생각이 있어서일 걸세. 좀더 상황을 두고 보세."

유비는 두 사람 쪽으로 눈도 주지 않은 채 꼼짝 않고 그 자리에 계속 서 있었다.

한참 있으니까 공명이 몸을 뒤치고 일어날 것처럼 보였다. 그러나 곧 다시 벽쪽을 향해서 잠들어 버렸다. 옆에 있던 사내아이가 깨우려고 했으나, 유비는 고개를 흔들면서 못하게 했다.

그렇게 또 한 시간쯤 지나 공명이 눈을 떴다.

"혹시 누가 찾아온 것 아니냐?"

몸을 뒤치고 나서 사내아이에게 물었다.

"네. 유황숙님께서 오랫동안 기다리고 계십니다."

사내아이가 대답했다.

"왜 진작 말하지 않았느냐?"

공명은 놀란 듯이 벌떡 일어나더니 안으로 들어가 푸른 실로 짠 두건을 쓰고 학의 깃털로 만든 옷을 걸치고 나타났다.

"시골사람이라 모든 것이 서툴러 실례했습니다."

공명은 정중하게 인사를 하고 유비를 방 안으로 맞아들였다. 사내아이가 차를 내왔다.

삼고초려(三顧草廬)

유비가 융중 와룡 언덕의 작은 초가에 은거하던 제갈량을 영입하기 위해 세 번이나 방문한 고사(故事). 비슷한 말로 삼고지례(三顧之禮)라고 하기도 한다. 이후 간절히 원하는 인재를 얻기 위해 갖은 노력을 다하는 것을 삼고초려한다는 말로 표현했다.

"지난번의 편지를 읽고, 어지러운 세상을 바로잡고 백성을 구하려고 하는 황숙님의 큰 뜻은 잘 알았습니다."

공명이 입을 열었다.

"그러나 저에게는 별 재능이 없습니다. 아무런 도움도 되지 않을 것입니다."

"무슨 말씀이십니까? 사마휘님이나 서서가 거짓말을 했을 리가 없습니다."

"그 두 사람은 저를 과대평가하고 있습니다. 저는 아무 쓸모 없는 시골 사람이니, 황숙님께는 길가의 돌멩이에 지나지 않습니다."

"이 세상을 바꾸고 백성들을 구할 정도의 재능을 갖고 있으면서 이대로 보고만 계실 생각이시오? 제발 괴로워하는 백성들을 생각하여, 내가 택해야 할 길을 가르쳐 주시오."

유비는 타오르는 시선으로 공명을 똑바로 바라보았다.

"그렇다면 제가 평소에 생각하고 있던 몇 가지를 말씀드리겠습니다."

공명은 유비의 시선을 마주 보며 조용히 얘기를 하기 시작했다.

"동탁의 모반이 일어나고부터 각지에 영웅들이 등장하여 천하를 손에 넣으려고 싸움을 하기 시작했습니다. 그 중 조조가 원소를 멸망시키고 재빨리 천하 쟁취의 선두에 나섰습니다. 작은 세력이었음에도 불구하고 조조가 원소를 이길 수 있었던 것은 운도 있었겠지만, 역시 부하들이 조조를 잘 보좌하고, 조조 또한 부하를 제대로 이끌

었다고 생각됩니다. 이제 조조는 100만 대군을 거느리고 천자를 내세워 제후들에게 호령을 하게 되었기 때문에 정면으로 부딪쳐서는 도저히 당할 수가 없습니다.

한편, 강동은 손권으로 3대째가 되는데 지세가 지키기 쉽고 공격하기가 어려운 요충지인데다가 백성도 잘 따르고 있어 적으로 만들면 상당히 어려운 상대입니다. 그러므로 싸워서는 안 됩니다.

황숙님이 몸을 의탁하고 계신 이 형주 땅은 동쪽으로 오군과 회계군으로 이어지고, 서쪽으로 촉, 즉 익주로 통하고 있습니다. 지금은 조조의 세력도 손권의 세력도 이 땅에는 미치지 않고 있지만, 조만간 손을 뻗쳐 올 것이 틀림없습니다. 상당한 능력을 가진 인물이 아니면 끝까지 지켜내기 어려울 것입니다."

유비는 물처럼 막힘없이 흘러나오는 공명의 말에 꼼짝 않고 귀를 기울이고 있었다.

"그런데 익주는 요새가 되는 험준한 산들로 둘러싸여 있고, 비옥한 평야가 펼쳐져 있는 곳이어서 하늘이 내려 주신 땅이라고도 할 수 있습니다. 이곳을 다스리는 유장(劉璋)은 어리석은 사람이어서 백성으로부터 지지를 받지 못하고 있습니다. 지각이 있는 사람들은 모두 훌륭한 주인이 나타나 다스려 주기를 원하고 있습니다.

만일 황숙님이 형주와 익주를 손에 넣고 정병을 육성하고 있다가 일단 천하에 이변이 일어났을 때에 대장 한 사람에게 형주의 병사들을 주어 낙양으로 쳐들어가게 하고, 황숙님 스스로 익주의 군사들을 이끌고 치고 나간다면 사람들은 기꺼이 황숙님을 맞이할 것입니다. 그렇게 되면 한조의 부흥도 가능해집니다."

거기까지 이야기하고는 공명은 사내아이를 시켜 커다란 족자를 가져오게 하여 벽에 걸도록 했다. 파촉 땅의 지도였다.

공명은 지도를 가리키면서 말을 이었다.

"황숙님께서 뜻을 이루려고 하신다면 북쪽은 조조에게 양보하고, 남쪽은 땅의 이득을 얻은 손권에게 양보하고 형주를 취한 후, 이곳을 발판으로 삼아 파촉 땅을 손에 넣는 것입니다. 이렇게 하여 천하를 셋으로 나눈 다음에 기회를 봐서 중앙으로 진출하시는 것이 좋으리라고 생각합니다."

'천하삼분(天下三分)의 계책.'*

이제까지 그 누구도 생각해 보지 않았던 일이었다. 유비는 잠에서 깨어난 것 같은 기분으로 눈앞의 지도를 뚫어질 듯이 응시했다.

"선생의 말씀으로 안개가 걷히고 푸른하늘을 보게 된 듯한 느낌이 들었소. 이제까지는 주위의 상황에 휩쓸려 여기저기 정신없이 우왕좌왕할 뿐이었는데, 지금은 내가 걸어야 할 길이 무엇인지 그 목표가 확실히 정해졌소. 고맙소.!"

천하삼분지계
제갈량이 내놓은 전략으로 이후 유비 진영의 중요한 전략이 된다. 이제 힘을 키우고 있는 유비는 위의 조조나 오의 손권과 겨루기에는 힘이 너무 부족했다. 따라서 남북으로 대치하고 있는 위와 오 사이에서 힘의 균형을 맞추어 위험을 피하고 힘을 기르자는 계략이었다.

유비는 진심으로 공명에게 감사의 뜻을 표했다.

유비가 입을 열었다.

"그런데 한 가지 마음에 걸리는 것은, 형주의 유표나 익주의 유장 모두가 나와 같은 한실의 혈통을 지닌 동족이라는 것이오. 그 영지를 우격다짐으로 빼앗는 것은 자못 마음이 괴로운 일이오……."

"마음을 쓰실 필요 없습니다. 유표는 병이 들었다는 소문이니까 얼마 안 있으면 세상을 떠날 것입니다. 또 유장은 백성을 학대하고 있으니까 그를 제거하면 백성들이 오히려 기뻐할 것입니다."

"알겠소. 그 일은 신경쓰지 않기로 하겠소."

유비는 고개를 끄덕였다.

"그래서 새삼 부탁을 드리오. 부디 이곳을 나오셔서 이 유비에게 힘을 빌려 주시오."

"저는 세상에 나갈 뜻이 없습니다."

공명은 고개를 절레절레 흔들었다.

"선생의 도움이 없으면 모처럼의 꿈이나 계획이 그림의 떡으로 끝나 버리고 실현되지 않을 것이오. 평화로운 세상을 갈망하고 있는 백성들이 불쌍해서 견딜 수가 없소."

유비의 뺨에 눈물이 흘러 내렸다. 공명은 한참 동안 그러한 유비의 모습을 지켜보고 있다가 이윽고 고개를 끄덕였다.

"황숙님의 마음은 알았습니다. 미흡하나마 힘이 되어 드리겠습니다."

"오, 그렇게 말씀해 주시니 백만의 원군보다 더 마음이 든든하오!"

크게 기뻐한 유비는 즉시 관우와 장비를 불러들여 공명에게 인사를 시켰다.

이렇게 하여 공명은 유비의 '삼고초려(三顧草廬 = 초가집을 세 번이나 찾아가서 예를 다하다)'에 답해 융중의 와룡강을 나와 유비, 관우, 장비와 함께 말 머리를 나란히 하고 신야성으로 향해 갔다. 이때 공명의 나이 27세이고, 유비는 47세였다.

3

그때 허도의 조조는 천하통일을 위해 남정(南征 = 남쪽 정벌을 위한 원정) 구상을 정리하여 큰 윤곽을 거의 잡고 있었다.

우선 조조는 형주와 강동 정벌이 지닌 의미와 그에 관련된 갖가지 어려움에 대해서도 곰곰이 따져보았다.

'이번 전쟁을 이기면 마침내 천하는 내 수중에 들어오고 더 이상 전쟁은 없게 된다. 따라서 전란시대를 끝내고 태평성대를 맞이하여 백성들은 맘놓고 농사지으며 즐거워질 것이다. 하지만 이번 원정이 쉬운 싸움이 아니다. 우선 허도의 반대파들부터 꼼짝 못하게 묶어놓아야 하고 전쟁 수행을 효율적으로 하기 위해서 권력을 한 곳으로 집중시킬 필요가 있다. 그리고 남쪽의 풍토병과 싸우기 위한 대비도 해야 하고……. 이를 위해서는 내가 승상이 되어 행정과 군사를 한 손에 쥐어잡고 만반의 준비를 해야 하겠지…….'

따라서 우선 조조는 내부 결속이 중요하다고 판단하여 조조는 이런 궁리를 하고서 허도의 반대파를 제거해 후환을 방지하고자 측근을 시켜 조정 대신의 동향을 모조리 내탐케 했다.

곧 보고가 들어왔다.

"궁중의 대부 공융은 전부터 장군님에 대해 불평불만을 품어왔고, 황조에게 쫓겨가 죽은 예형과도 절친하게 지내며 하루 속히 천자가 친히 정사를 돌봐야 나라가 안정될 수 있다며 장군님을 헐뜯고 다닌 자입니다. 그때 예형은 공융을 칭찬하기를 '공융이 이 세상에 있으니 공자가 아직 죽지 않았다' 하였고, 또 공융은 예형을 칭찬하기를 '안회(顔回 : 공자의 수제자)가 이 세상에 다시 태어난 것이다' 하며 서로 뜻이 맞았던 것입니다. 지난 날에 예형이 마치 천하가 어지러워진 이유가 장군님에게 있는 듯이 욕한 것도 실은 공융이 뒤에서 시킨 짓이었습니다. 요즘 들어 '장차 전쟁이 일어난다면 형주일 텐데 형주의 유표는 황실의 동족이려니와 싸울 뜻이 전혀 없이 오로지 백성을 다스리는 데 심혈을 기울이는 지방장관이다. 따라서 조정에 충성을 다하는 유표와 전쟁을 해서는 안 된다' 는 등 떠들고 다닙니다."

공융에 대해서는 조조 역시 잘 알고 있었다.

'변설가*에다 잘난 체하는 놈.'

어떤 의미에서 그런 인간도 필요하다고 봐주고 있었으나 이제 이루어질 남정에 대해 비판하며 반전(反戰) 기류를 조장한다는 것은 용서할 수 없는 일이라고 생각했다.

조조는 곧 정위(廷尉＝법을 다루는 벼슬아치)를 불러서 엄명을 내렸다.

"공융을 잡아들여 나라의 방침에 비난하는 죄상을 밝히라."

그날로 공융은 사직당국에 체포되었다.

"내가 무슨 죄를 저질렀다는 거요?"

"잔말 말아라. 네 놈은 나라의 비밀을 누설하고 나랏일을 비난했다."

"나라의 비밀은 무엇이고 방침은 뭣인가?"

"네 놈이 잘 알지 않으냐. 이제 천하통일을 하고 세상이 안정되려면 형주와 강동을 치는 일은 마땅히 필요한 나라의 방침인데 네 놈이 비난했잖으냐?"

"그건 절대로 의로운 전쟁이 아니다. 침략 전쟁일 뿐이다. 분명 실패할 것이다."

"이놈이, 어디라고 함부로 떠드느냐!"

공융은 중죄인으로 처벌받게 되었다.

변설가(辯舌家)

입담이 좋아서 말을 썩 잘하는 사람을 말한다. 여기서 조조가 말하는 변설가는 아는 것도 없으면서 말만 잘하여 남을 현혹하는 사람을 뜻한다.

그때, 공융에게는 아들 둘이 있었는데 다 젊었다. 그들은 집 안에서 바둑을 두는 중이었다. 좌우 사람이 급히 전했다.

"주인 대감께서 정위에게 잡혀가셨는데 아무래도 참형을 당하실 것이라 합니다. 두 도련님은 어째서 속히 몸을 피할 생각을 않습니까?"

두 아들의 대답은 간단했다.

"둥지가 부서졌으니 알이 어찌 무사하겠느냐."

그 말이 끝나기도 전에 정위가 들이닥쳐, 공융의 집안 식구들과 두 아들을 모조리 잡아갔다. 그날로 공융의 집안 사람은 다 죽임을 당했다. 공융의 시체는 거리에 전시되었다.

경조 벼슬에 있는 지습이 공융의 시체 위에 엎드려 통곡했다.

조조는 지습이 통곡한다는 말을 듣자 다시 화가 치밀어,

"음, 그놈도 한패로구나. 죽여야겠다."

하고 좌우에 분부하는데 순욱이 간했다.

"제가 들은 바에 의하면 지습은 늘 공융에게 간하기를 '귀공은 성미가 너무 강직해서 탈이오. 그러다간 결국 화를 당하리라' 하더니 이제 공융이 죽었기에 와서 우는 것입니다. 지습은 의기 있는 사람이니 죽이지 마십시오."

조조는 지습을 용서해줬다. 하지만 또다시 공융같은 비판자가 나오는 것을 막아야 했다. 그래서,

"이제 내가 승상*이 되어야겠다. 그리고 모든 조정의 대소사와

군사에 관한 일까지 직접 관장하겠다."

하고 선언했다.

"지당하신 분부입니다."

"벌써 오래전에 그리하셨어야 했습니다."

주위에서는 이구동성으로 조조의 승상 취임을 반겼다.

승상 조조.

삼국시대를 이끌어간 실질적인 주역, 조승상은 이렇게 해서 공식
적으로 탄생했다.

승상(丞相)

정승, 오늘날로 말하자면 수상. 후한 말기부터는 승상제도가 폐지되고 필요에 따라 임시로 두었다. 조조는 스스
로 승상에 올라 정권을 장악한다.

박망파의 불벼락

1

이 무렵에 강동의 손권은 형 손책의 뒤를 이어 다스린 지 8년, 이제 당당한 27세의 젊은이로 성장해 군벌의 지도자다운 위엄을 갖추고 있었다. 장소와 장굉 두 중신을 비롯해서 주유, 노숙, 제갈근 등 책사들이 손권을 도와 국내를 다스리고, 정보, 황개, 한당, 주태 등 이전부터 섬겨온 무장들을 비롯하여 여몽, 육손, 서성, 반장, 정봉 등이 새로 가담하여 군사력에 있어서도 크게 세력을 강화했다.

이렇게 국력을 착실하게 키운 손권은 그토록 염원이었던 선친의 복수에 나서기 시작했다. 노리는 원수는 형주의 유표와 그 부하 황조였다. 17년 전에 손견은 황조와 싸우다가 전사했다.

때마침 유표의 심복으로 강하를 지키고 있던 황조의 부하 가운데 감녕(甘寧)이라는 장수가 손권 진영에 투항해 왔다.

본래 감녕은 장강 유역의 강이나 호수에서 활약하고 있던 도적떼의 두목이었다. 황조를 위해 일하고 종종 공을 세우기도 했으나, 황조는 감녕의 과거 경력을 경멸하여 중용하지를 않았다. 이것이 원망스러워 손권 진영으로 넘어오게 된 것이었다.

"감녕이 우리 편이 되었으니 이미 황조의 목을 벤 것이나 다름없다."

손권은 크게 기뻐하여 감녕을 여몽의 부장(副將)으로 삼고, 10만 대군을 일으켜 황조 토벌에 나섰다. 깜짝 놀란 황조는 형주의 유표에게 구원군을 청하는 한편 강하(江夏)의 병사들을 총동원하여 손권군을 맞아 싸웠다. 그러나 유표의 응원군은 오지 않았다. 이미 병색이 짙은 유표였으므로 의욕을 잃고 있는데다, 후계자를 둘러싼 갈등으로 형주군의 총사령관 채모가 변경을 돌볼 처지가 아니었던 것이다. 결국 황조는 부하 장수를 대부분 잃고, 자신은 형주로 도망치려고 하다가 감녕에게 죽임을 당하고 말았다.

손권은 점령한 강하*를 버려두고 철수했다. 강하를 미끼로 해서 유표를 유인하려고 하는 작전이었다. 손권은 장강 연안의 시상(柴桑)에서 대군을 머물게 하고, 주유에게 파양호에서 수군을 조련시키

강하
형주에 속하는 군으로 14개의 현을 관할하였다. 적벽대전 이후 오의 영토에 편입된다. 손책, 손권이 여러 차례 공격하여 208년 아버지 손견의 원수 황조를 죽인 곳이다.

게 하며 기회를 노렸다.

한편, 신야의 유비는 공명을 맞이하여 새로운 기분으로 즐거운 나날을 보내고 있었다. 아침에 일어나서 밤에 잘 때까지 한시도 공명을 놓아 주지 않고, 천하의 정세를 논하고, 장래의 계획에 대해서 얘기 꽃을 피웠다.

공명은 유비에게 권해 3천 명의 민병을 모집하게 했다. 그리고 자신이 직접 훈련을 시켜 기존의 수천 군사들과 비록 수는 적지만 정예병으로 만들어 냈다. 그러던 참에 유표에게서 사자가 달려왔다. 의논할 것이 있으니 즉시 형주로 와달라는 것이었다.

"아마 손권이 황조를 쳤기 때문에 그 복수를 위한 의논일 것입니다."

하고 공명이 말했다. 강동에 잠입시킨 첩자의 보고에 의해 강동에 관한 소식이 이미 공명의 귀에 들어와 있었다.

"유표가 도와 달라고 하면 어떻게 하오?"

"만일 출병 얘기가 나오면 거절하십시오. 지금은 강동의 손권 진영과 싸워서 원수지간이 되면 정말 안 됩니다."

"알았소, 그렇게 하겠소."

유비는 고개를 끄덕였다.

이튿날, 유비는 공명과 함께 형주성으로 향했다.

"아우님도 알고 계시리라 믿지만, 강하가 강동군에게 함락되고 황조까지 죽었소."

유비를 만나자 유표가 대뜸 그 문제를 들고 나왔다.

"황조는 나를 오랜 동안 섬겨온 심복이요. 이대로 내버려 둘 수가 없소. 그 복수를 하고 싶은데, 아우님은 어떻게 생각하오?"

"황조는 욕심이 지나쳐 세금을 무자비하게 거둬들여 주민들로부터 원망을 많이 산다는 얘기는 들었습니다. 또 편애가 심해 부하들에게 신뢰를 받지 못했던 것 같습니다. 그러니까 죽임을 당한 것은 자업자득이겠지요. 그리고 손권군은 강하를 점령하지 않고 철수했습니다. 더 싸울 의사가 없는 것이지요."

유비는 공명이 가르쳐준 대로 대답했다.

"따라서 자칫 병사를 일으켜 쳐들어갔다가 그 틈에 조조가 공격해 오면 어찌 하시겠습니까?"

"그런 점도 있겠군. 나는 이미 나이가 많고 게다가 병에 걸려 있소."

유표는 갑자기 어깨를 축 늘어뜨렸다.

"솔직히 말하자면, 손권이나 조조하고 싸울 기력이 없소. 아우님이 나 대신 형주를 맡아 손권이나 조조로부터 지켜주지 않겠소? 내가 죽으면 그대로 물려받아도 상관 없소."

"천만의 말씀이십니다. 저에게는 그런 큰 임무는 너무 벅찹니다."

유비는 공명이 여러 차례의 눈짓을 하는 것을 무시하고 유표의 부탁을 거절했다.

숙소로 돌아오면서 공명이 물었다.

"모처럼 형주를 물려주겠다고 하는데 어째서 거절을 하셨습니까?"

"유표 형님에게는 말로 다 형용할 수 없을 정도로 신세를 지고 있소. 그 약점을 이용하다니……. 나로서는 도저히 그럴 수가 없소."

유비는 어디까지나 고지식하게 대답했다.

"참으로 정이 두터우십니다."

공명은 비웃음 섞인 말투로 중얼거렸다.

숙소에 도착한 유비에게 유표의 장남 유기(劉琦)가 갑자기 찾아왔다.

"아니, 어떻게 오셨는가? 무슨 일이 있는가?"

유비가 놀라 물었다.

"숙부님, 살려 주십시오. 이대로 가다가 저는 계모에게 죽임을 당하고 말 것입니다."

유기는 인사도 하는 둥 마는 둥하고 울며 매달렸다. 유표의 후처인 채부인은 자신이 낳은 유종(劉琮)을 유표의 후계자로 만들기 위해서 방해가 되는 유기를 제거할 기회를 노리고 있었던 것이다.

"사적인 집안일을 내가 어떻게 이래라저래라 할 수 있겠나?"

유비는 난처한 얼굴로 옆에 있는 공명을 바라보았다.

"군사, 무슨 좋은 생각 없소?"

"저도 마찬가지입니다. 후계자 문제는 내부의 중대사라 옆에서 간섭을 하면 더욱 꼬이고 복잡해집니다."

하고 공명은 냉담하게 대답했다.

"어쩔 수가 없군요. 타고난 내 운명이 이런 것이겠지요?"

유기는 어두운 얼굴로 자리에서 일어섰다.

그 모습이 너무나도 애처로웠기 때문에 문까지 배웅을 하면서 유비는 그 귀에다 속삭였다.

"내일, 공명을 자네 집으로 보낼 테니까 그때 이렇게 하게."

유비의 말을 듣자 유기의 얼굴에 한줄기의 밝은 빛이 떠올랐다. 그리고 몇 번씩이나 고맙다는 인사를 하고 돌아갔다.

다음 날 유비는,

"유기공자를 만나러 가야 하는데, 공교롭게도 배가 갑자기 아프오. 나 대신 가주지 않겠소?"

하고 말하면서 공명을 유기의 집으로 보냈다.

유기는 공명을 반갑게 맞아들였다. 인사가 끝나자,

"요즘 아주 귀한 책을 한 권 손에 넣었습니다. 꼭 선생에게 보여드리고 싶습니다."

하고 공명을 작은 누각의 2층 다락방으로 안내했다.

"어디 있습니까, 그 책은?"

공명이 묻자 유기는 다짜고짜 그 앞에 무릎을 꿇었다.

"나는 계모의 미움을 사서 목숨이 위태로운 입장에 있습니다. 어떻게 하면 좋은지 가르쳐 주십시오."

"그 일은 어제도 말씀드린 대로 옆에서 이러쿵저러쿵 얘기를 할 수 있는 문제가 아닙니다."

몸을 돌려 공명은 아래로 내려가려고 했다.

그런데 사다리가 걷혀져 있어 내려갈 수가 없었다.

"나를 속이신 것입니까!"

공명의 안색이 변했다.

"평생의 소원입니다. 부디 가르쳐 주십시오."

유기는 칼을 뽑아 자신의 목에 갖다 댔다.

"아무리 해도 가르쳐 주지 않으시겠다면 나는 죽을 수밖에 없습니다."

"잠깐 기다려 주십시오. 그렇게까지 각오가 되어 있다면 한 말씀 드리지요."

공명은 유기에게 칼을 거두게 하고는 타이르는 듯이 말했다.

"옛날에 진 헌공(춘주시대의 진(晋) 나라의 군주로 기원 전 8세기경에 활약함)에게는 신생(申生)과 중이(重耳)라는 두 아들이 있었습니다. 그런데 계모뻘되는 헌공의 부인에게서 아들이 태어났습니다. 계모는 자기 아들을 후계자로 앉히고 싶어 기회가 있을 때마다 신생과 중이에 대한 험담을 헌공에게 했습니다. 그리고 헌공이 신생을 죽이도록 일을 꾸몄습니다. 이것을 알게 된 중이는 다른 나라로 도망을 쳤고 국내에 남아있던 신생은 죽고 말았습니다. 이 중이가 바로 훗날에 진나라의 문공*이 되었습니다. 이것을 어떻게 생각하십니까?"

"그렇다면 나도 중이처럼 다른 곳으로 도망치란 말인가요?"

"그렇습니다. 황조가 멸망해서 강하를 지키는 자가 없습니다. 유표님께 말씀드려 강하로 가시는 것이 좋을 것입니다. 그러면 화를 피할 수 있습니다."

"네, 알겠습니다. 고맙습니다, 정말 고맙습니다!"

유기는 기뻐하면서 몇 번이나 머리를 숙이더니 사람을 불러 사다리를 가져오게 하여 공명을 보내 주었다.

다음 날, 유비는 유표에게 불려 갔다.

"실은 아들 유기가 강하의 수비를 맡으러 가겠다고 하는데 아우님 생각은 어떻게 했으면 좋겠소?"

"강하는 중요한 요충지니까 남에게 맡겨서는 안 됩니다. 유기 공자가 가는 것은 참으로 합당하다고 생각합니다."

공명에게서 얘기를 들은 바 있는지라 유비는 얼른 대답했다.

"아우님이 그렇게 말하니, 큰맘 먹고 유기를 강하로 보내기로 하겠소."

유표는 3천 명의 병사를 내주며 강하를 지키라고 유기에게 명했다.

유비는 강하로 향하는 유기를 전송하고 신야로 돌아왔다.

문공 [文公, BC 697 ?~BC 628]

이름은 중이. 춘추시대 5패(五覇)의 한 사람으로 진(晉)나라의 군주(재위 BC 635~BC 628). 아버지 헌공(獻公)이 여비(驪妃)를 특히 사랑하여 여비의 소생인 해제(奚齊)를 후계자로 삼고자 태자 신생(申生)을 죽이자 해외로 도망쳤고 이후 19년동안 전국을 떠돌다가 진(秦)의 목공(穆公)의 원조로 진(晉)으로 돌아와 62세에 즉위하였다.

2

공융이 처형된 이후 조조의 반대파들은 숨을 죽였다. 따라서 조조는 남방을 정복할 준비를 거의 갖추었다고 판단했다. 현무지라는 연못에서 수군 훈련도 어느 정도 끝났다. 조조가 무장들을 모아 놓고 형주 공략에 관해 털어놓자 하후돈이 나서서 말했다.

"요즘 신야의 유비가 군세를 확장하고 훈련에 열을 올리고 있다고 합니다. 지금 쳐들어가서 밟아놓는 것이 장차 형주를 토벌하는데 좋을 것이라고 생각합니다만."

"좋겠지."

조조는 고개를 끄덕였다.

"그대는 우금, 이전, 하후란, 한호를 부장(副將)으로 하여 5만 병력을 내줄 테니 유비를 쳐라."

그러자 순욱이 만류했다.

"경솔한 싸움은 금물입니다. 방심해서는 안 됩니다."

"그렇습니다. 유현덕이 제갈량을 얻은 것은 호랑이가 날개를 얻은 것이나 마찬가지입니다."

순욱에 이어 서서가 말했다. 어머니를 잃은 서서는 어쩔 수 없이 허도에서 조조를 모시고 있었다. 그러나 계책은 내지 않고 그저 하나마나한 이야기나 거들 뿐이었다.

"서서인가? 그대라면 잘 알고 있겠지."

조조는 서서에게 시선을 보냈다.

"제갈량이란 어떤 인물인가?"

"제갈량의 자는 공명이고, 호는 와룡 선생이라고 합니다. 나이는 이제 27세이지만 천문에서부터 지리, 군사 등 모든 분야에 정통한 풍부한 재능을 가진 천재입니다."

"그대와 비교하면 어떤가?"

"제가 반딧불이라고 한다면, 공명은 보름달입니다."

"아하하하하, 과장이 좀 심하군 그래!"

하후돈이 커다란 소리로 웃고 자신만만하게 말했다.

"공명이 아직 30세도 되지 않은 애숭이라면 지금까지 단 한 번의 실전 경험도 없을 것입니다. 탁상공론에 주둥이만 살아 있는 녀석일 것입니다. 제 입장에서 보면 불면 날아가는 먼지 같은 놈입니다. 승상님, 제가 가서 취임 기념으로 사로잡아 보이겠습니다."

"말 잘 했다. 좋은 소식을 기다리고 있겠다."

조조는 만족스러운 듯이 고개를 끄덕이고 하후돈에게 5만 군사를 내주었다.

한편, 신야의 유비진영에서 요즘에 심상치 않은 분위기가 감돌기 시작했다. 원인은 공명 때문이었다. 공명을 스승처럼 존경하고 신뢰하며 무슨 일이나 공명의 말대로 따르고 있는 유비의 태도에 대해,

"옛날부터 목숨을 바쳐 섬겨온 우리들보다 바로 최근에 데려 온 공명을 신뢰하는 것은 옳지 않다."

"주공님은 공명을 너무 중용하는 것 아닌가?"

하고 관우와 장비를 중심으로 한 고참 부하들의 불만이 격화되었던 것이다.

관우와 장비는 어느 날, 유비 앞에서 이런 분위기를 전했다.

"공명은 아직 젊어 그렇게 학문이 깊을 리가 없습니다. 형님은 공명을 너무 과대평가하고 있습니다."

"그렇고 말구요. 그 녀석은 아직 실제로 아무것도 하지 않았습니다. 무엇인가 도움이 되는 일을 한 후에 그런 대접을 해도 되잖습니까?"

그러자 유비는 정색을 하며,

"내가 공명을 얻은 것은 물고기가 물을 얻은 것이나 마찬가지다.* 그대들이 이러쿵저러쿵 얘기할 사안이 아니다."

하고 단호하게 꾸짖었다.

관우와 장비는 유비가 워낙 단호하여 더 이상 뭐라 하지 못한 채 불만스러운 얼굴로 물러났다. 그러던 참에, 하후돈이 5만 병력을 이끌고 신야의 북방에 있는 박망성에 육박했다는 보고가 들어왔다.

유비는 관우와 장비를 불렀다.

"하후돈이 5만 병력을 이끌고 박망성으로 육박해 왔다고 한다. 어떻게 하면 좋은가?"

"물을 뿌려 불을 끄면 되겠지요."

장비가 비꼬듯이 내뱉었다.

"지모(知謀＝지혜스러운 계책)는 공명, 무용은 그대들에게 의존하고 있다. 쓸데없는 소리 하지 마라."

유비는 두 사람을 물러나게 하고 공명을 불렀다.

"걱정 없습니다. 하후돈의 병력은 간단히 격파할 수가 있습니다."

공명은 그렇게 말하더니 잠시 미간을 찌푸렸다.

"그보다 관우와 장비, 두 사람이 제 명령을 제대로 따라 주느냐가 걱정입니다. 죄송하지만 황숙님의 패검을 저에게 맡겨주십시오."

유비가 허리춤에서 검집을 빼내 맡기자, 공명은 장수들을 모아 놓고 명령을 내렸다.

"박망성 왼쪽에 예산이라는 산이 있고, 오른쪽에는 안림이라는 숲이 있다. 관우는 1천 명의 병력을 이끌고 예산에 매복하시오. 적군이 와도 지나가도록 내버려 두고, 남쪽에서 불길이 치솟아 오르거든 즉시 치고 나와 적의 군량과 여물을 불태우시오. 장비도 똑같이 1천 명의 병력을 이끌고 안림으로 숨어 들어가, 남쪽 방향에서 불길이 오르는 것을 보거든, 즉시 박망성의 군량 저장소를 습격해 불을 지르시오. 관평과 유봉은 500명의 병사를 이끌고 박망성 남쪽에

수어지교〔水魚之交〕
매우 친밀하게 사귀어 떨어질 수 없는 사이를 말한다. 물고기가 물을 떠나서 잠시도 살 수 없는 관계를 비유한 말이다. 유비와 제갈량과의 사이가 날이 갈수록 친밀해지는 것을 보고 관우와 장비가 불평하자, 유비가 그들을 불러 한 말이다. 군주와 신하의 모범적인 관계를 설명할 때 흔히 쓰인다.

있는 박망파 뒤에 매복했다가 적이 가까이 오거든 화공을 하시오."

말을 끝내자, 공명은 번성으로부터 불러들인 조운에게 선봉을 명하고,

"절대로 이겨서는 안 되오. 싸우는 척 하다가 물러나 적을 박망파의 산길로 유인하도록 하시오."

하고 알아듣게 설명했다.

"그런데 군사님께서는 무엇을 할 셈인가요?"

하고 관우가 물었다.

"여기 있으면서 성을 지킬 것이오."

공명이 대답했다.

"우하하하! 들었는가, 모두들?"

하고 장비가 비웃었다.

"우리들이 목숨을 걸고 싸우고 있는 동안, 군사님께서는 성에서 느긋이 쉬고 계시겠다는군."

"닥치시오! 나는 주공의 패검을 갖고 있소. 명령을 듣지 않는 자는 누구든 군법으로 다스리겠소!"

공명은 엄하게 소리쳤다.

"군사의 명령은 곧 내 명령이다. 명심하라."

하고 유비가 옆에서 거들었다.

"어쨌든 저 친구가 시키는 대로 한 번 해보세. 이러쿵저러쿵하는 것은 그 다음이라도 늦지 않을 테니까."

관우는 장비를 달래며 물러났다. 다른 장수들도 그 뒤를 따랐으나, 모두들 그렇게 일이 잘 풀려 나갈까 하고 내심 공명의 지시를 의심하고 있었다.

공명은 떠나는 장수들을 배웅하고 유비를 돌아보았다.

"황숙님은 오늘 중으로 병사를 이끌고 박망파 부근에 진을 쳐주십시오. 내일 저녁, 반드시 적군이 밀려 올 것입니다. 그때는 싸우는 척하시다가 진지를 버리고 도망치십시오. 그리고, 불길이 오르는 것을 보거든 즉각 말머리를 돌려 적을 공격해 주십시오. 저는 미축, 미방과 함께 500명의 병력으로 성을 지키면서 손건과 간옹에게 축하연을 준비시키고 승전하여 돌아오시기를 기다리고 있겠습니다."

너무나 자신있는 공명의 말에 유비마저 불안을 느낄 정도였다.

'정말로 이 사람을 신뢰해도 되는 것일까…….'

3

한편, 하후돈은 우금 등과 5만 병력을 이끌고 박망성에 도착했다. 정예를 선발하여 선봉으로 세우고, 나머지는 군량이나 여물을 나르는 치중대의 호위로 돌리고 신양성을 향해 출발했다. 계절은 가을이라 선선한 바람이 불고 있었다.

이윽고 멀리서 흙먼지가 피어 오르는 것이 보였다. 유비군의 선봉대 조운이 이끄는 500명의 군사였다.

"여기는 어딘가?"

하후돈이 길 안내에게 물었다.

"왼쪽은 예산이고, 오른쪽은 안림이고, 전방의 험악한 산길이 박망파입니다."

하고 안내인이 대답했다.

하후돈은 우금과 이전에게 후방의 수비를 명하고, 자신이 선두에 나섰다. 적의 선봉대가 가까이 다가오자 '껄껄' 웃었다.

"서서가 공명을 천재라든가 귀재라든가 하면서 침이 마르게 칭찬했지만, 세상 사람들이 하품을 하겠다. 천 명도 안 되는 선봉대로 우리의 정예와 맞부딪치게 하다니, 개나 양을 호랑이에게 덤비게 하는 것과 똑같잖은가. 유비와 공명을 생포하는 것은 이제 시간문제다!"

하고 말이 떨어지자마자 말을 달려 적군을 향해 돌진해 갔다.

맞서 싸운 것은 조운이었다. 몇 합을 서로 겨루었다. 그런데 돌연 뒤돌아 도망치기 시작했다.

"도망을 치느냐, 이 겁쟁이 녀석아!"

신바람이 난 하후돈이 쫓아가면, 조운은 말 머리를 돌려 다시 덤벼들었다. 그러나 몇 합도 싸우지 않고 다시 도망쳤다.

이것을 보고 부장 한호가 걱정했다.

"조운은 일부러 져주면서 우리들을 유인하고 있는 것 같습니다.

복병이 있을지도 모릅니다."

"아냐, 이런 정도의 약한 적이라면 복병이 있어도 두려워할 것
없다."

하후돈은 한호의 말에는 귀도 기울이지 않고 박망파까지 단숨에
공격해 들어갔다.

그때였다. 불화살 소리가 나더니 유비가 500명의 군사 병력을
이끌고 나왔다. 조운을 대신하여 돌격해 온 것이다. 그러나 처음부
터 유인하려는 계획이었으므로 적극적으로 싸우지 않았다.

"저것이 복병이냐! 유비를 단숨에 무찌르고 오늘 밤 안에 신야성
까지 공격해 들어가자!"

하후돈이 유비의 병력을 가리키며 병사들을 독려하여 공격을 강
화하자 유비와 조운은 계속 후퇴해 갔다.

그때 날은 이미 저물고, 하늘에는 두터운 구름이 드리워져 있었
다. 낮부터 불기 시작하던 바람이 차츰 강해지고 거칠어졌다.

하후돈의 뒤를 따르던 우금과 이전은 문득 주위 지형이 심상치
않음을 깨달았다. 산이 양쪽에서 좁혀져 길이 마치 계곡처럼 좁아져
갔다. 길 양쪽은 온통 갈대밭이었다. 전방을 보니까 산과 강이 만나
길은 더욱 좁아지고, 수목이 무성하게 우거져 있었다.

"큰일이다! 화공을 당하면……."

하고 이전이 말끝을 맺지 못했다.

"그렇군. 하후 장군님께 알리고 오겠네."

우금은 고개를 끄덕여 보이고는 말을 달려 앞으로 나갔다.

하후돈은 상당히 앞서 달려가고 있었다. 가까스로 따라 잡은 우금이 화공의 위험을 전하니, 하우돈은 즉시 지형을 살펴보고는 전선에서 단련된 경험으로 볼 때 지금 상황이 위험하다는 것을 깨달았다.

"그렇군. 내가 너무 깊이 들어왔구나. 멈춰라, 멈춰!"

하후돈은 말 머리를 돌리고 목청이 터져라 외쳤다. 돌격하던 병사들이 일단 멈춰섰다.

"후퇴다! 모두 후퇴하라!"

하후돈의 외침이 울려퍼지는 순간, 후방에서 '와아!' 하는 함성 소리가 터져 나오는가 싶더니 사방에서 불길이 치솟아 길 양쪽의 갈대밭에 옮겨 붙었다. 불은 때마침 부는 강풍에 부추겨져서 맹렬하게 번져 나가 눈 깜짝할 사이에 불바다가 되었다.

하후돈의 병력은 불길을 피하느라 큰 혼란에 빠졌다. 사람과 사람, 말과 말이 서로 부딪치고, 발에 채여 넘어지고, 깔아 뭉개지고, 불길에 휩쓸려 길을 잃고 하여 죽은 자의 수를 헤아릴 수가 없었다.

"하후돈, 나와라!"

하고 소리치면서 달려오는 조운에게 맞설 기력이 없어진 하후돈은 불길과 연기 속을 '걸음아 날 살려라' 하고 도망쳤다.

한편, 후방에 있던 이전은 불길이 치솟는 것을 보고, 박망성으로 도망쳐 돌아가려고 했으나, 예산에서 뛰쳐나온 관우의 병사들한테 차

단당해 필사적으로 칼을 휘두르며 간신히 포위망을 빠져 나갔다. 우금은 지름길을 따라 도망쳤다. 하후란과 한호는 군량과 여물을 구해내려고 박망성의 군량 저장소로 달려 갔으나, 기다리고 있던 장비에게 하후란은 단 일격에 목숨을 잃고, 한호는 말을 버리고 앞을 다투어 도망치는 병사들 틈에 섞여 가까스로 위기를 모면할 수 있었다.

싸움은 날이 밝기 시작할 무렵에 끝났다.

관우와 장비는 함께 아직도 연기가 나고 있는 박망파를 뒤로 했다.

"이겼다구요!"

"아아, 대승리일세. 적은 절반도 살아서 도망치지 못했을 걸세."

"정말 기분 좋네요!"

"하지만 이 승리는 전부 공명의 작전 때문일세."

"그러고 보니 그렇군요. 우리들이 그 녀석을 그동안 잘못 생각했었는지도 몰라요."

두 사람이 그런 이야기를 하면서 돌아오니까, 저쪽에서 미축과 미방이 한 대의 수레를 호위하면서 다가왔다. 수레에 타고 있는 사람은 공명이었다. 그 위엄있는 모습에 압도당해서 관우와 장비는 말에서 뛰어 내려 무릎을 꿇었다.

"군사님의 작전은 보기 좋게 적중하였습니다."

"죄송합니다."

공명은 조용히 미소를 지으며,

"모두 열심히 싸웠습니다. 수고하셨습니다."

하고 두 사람의 노고를 치하했다.

곧 이어 유비, 조운, 관평, 유봉 등이 달려 왔기 때문에 전군이 함께 신야로 개선했다.

신야에서는 승리를 축하하기 위하여 주연이 벌어졌다. 장수들과 병사들, 어린아이부터 노인에 이르는 주민들도 모두 유비의 덕을 칭송하고, 유비가 뛰어난 군사를 맞아들인 것을 기뻐했다.

성안의 모든 사람들이 축제 분위기에 들떠 있는데 그 중 한 사람 공명만은 냉정을 유지하고 있었다.

'군사로서 첫 번째 싸움을 보기 좋게 승리로 장식하여 그 지모를, 관우와 장비를 비롯한 모든 장수들한테 인정받을 수 있었다. 그러나 이것으로 안심하고 있을 수가 없다. 다음에는 조조 자신이 대군을 이끌고 쳐들어올 것이다. 그것을 막으려면 어떻게 하면 좋은가?'

'조조가 온다면 필시 전력을 기울인 막강한 군세일 것이다. 그리고 조조는 범상치 않은 인물이다. 하후돈이 결코 아닌 것이다. 결국 유비의 힘만으로 결코 막을 수가 없다. 그렇다면…….'

공명은 승리에 들떠 환호하며 술잔을 나누는 사람들 속에서 홀로 이런 고민을 하며 조조에 맞설 대책을 세우고 있었다.

〈3권으로 계속〉

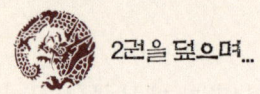 2권을 덮으며...

삼국지의 수많은 등장 인물 가운데서도 관우와 공명은 인기를 양분하는 존재라고 해도 좋을 것입니다. 관우의 씩씩한 무용과 신의를 중시하는 성실한 인품, 공명의 그 밑바닥을 알 수 없는 재능과 지혜 그리고 유비에 대한 충절이 인기를 모은 이유입니다.

그 관우의 무용과 성실한 인품을 충분히 맛볼 수 있는 것이 이 책에 묘사되어 있는 다섯 관문의 돌파장면입니다. 이것은 '과오관', '관우 천리독행', '참채양'과 같은 이름으로 경극을 위시한 중국 고전극의 상연 종목이 되었습니다.

유비의 두 부인을 지키기 위해 할 수 없이 조조에게 항복한 관우. 조조는 온갖 수단을 다 동원하여 관우의 마음을 자신에게 돌려보려고 하지만 관우는 도원의 맹세를 지켜 유비의 행방이 알려지자, 조조의 부하 장수 6명을 죽이고 5개의 관문을 돌파하여 유비에게 달려갔습니다. 그야말로 관우가 아니면 할 수 없는 명장면이라고 할 수 있을 것입니다.

그런데 여기서 잊어서는 안 되는 인물이 조조입니다. 관우가 떠나가고, 더구나 부하를 6명이나 죽였어도 계속 관우를 용서합니다. 그 도량의 크기와 넓이 때문에 역시 감동을 느낍니다. 삼국지를 통한 명장면의 하나로, 관우와 조조의 교분을 들 수 있습니다.

관우와 달리, 공명은 냉정하고 지적인 사람으로 보여지고 행동거지도 조용합니다. 하지만 그 가슴속에서는 뜨거운 피가 끓고 있었던 것 같습니다.

유비가 공명을 군사로 맞아들이기 위해서 행한 삼고초려는 지금도 인재를 맞이하는 정성의 대명사로 쓰이고 있는 것처럼 잘 알려진 고사(故事)입니다.

분명히 유비는 예를 다하여 공명을 맞아들였습니다. 하지만, 공명 쪽에서 무엇인가가 없었다면, 아무리 예를 다한다고 해도 움직일 리가 없습니다. 무엇인가란 정열(情熱)이라고 해도 좋을 것입니다.

'스스로의 재능과 지혜를 구사하여 이 세상을 바꿔 나가고 싶다.'

공명의 가슴 밑바닥에 그러한 정열이 끓고 있었기 때문에 공명은 유비를 따라나선 것입니다.

공명도 역시 난세를 살아가는 한 사람입니다. 평화로운 융중을 뒤로 하고 싸움터로 나갑니다. 관우를 비롯한 맹장들에게 실력을 인정받자, 이윽고 장강을 무대로 하는 적벽대전에서 단숨에 시대의 주역으로 뛰어오릅니다. 공명의 등장에 의해서 삼국지는 갖가지 임기응변의 전략과 지모가 마주치는 흥미진진한 세계로 전개되어 나갑니다.

여기서 본문에서 자세하게 쓸 여유가 없었던 몇 사람의 등장인물에 관한 뒷이야기를 소개하겠습니다.

우선 이각과 곽사.

동탁이 죽은 뒤, 권력을 쥐고 난폭하게 행동한 두 사람은 낙양으로 올라 온 조조에게 패하여 서쪽으로 도망쳤으나, 어디에도 정착할 곳이 없어 끝내는 산적이 될 정도로 전락했습니다. 그리고 이각은 단외라는 사람에게, 곽사는 부하인 오습에게 살해당하여 그 목은 조조에게 바쳐졌습니다.

양봉과 한섬.

이 두 사람도 조조에게 패하고 원술을 의지하여 도망쳐 갔습니다. 그후, 진등의 설득으로 원술을 배신하고 여포에게 붙었으나, 약탈을 일삼다가 원술을 토벌하러 가는 도중 유비에게 죽임을 당하고 말았습니다.

심배와 허유.

관도의 싸움에서 조조군을 괴롭혔던 원소의 참모 심배는 원소가 죽은 뒤, 아들 원상에게 붙어서 싸웠으나, 조조에게 패하여 포로가 되었습니다. 조조는 심배의 재능을 아껴서 항복을 권했으나, 심배는 이를 거절하고, 원씨의 신하였던 것을 자랑스러워하며 처형을 당했습니다.

같은 원소의 참모로 조조에게 항복하고 군량을 쌓아둔 오소의 기습을 진언하여 조조에게 결정적 승리를 가져다준 허유의 마지막은 자업자득이라고는 하지만 다소 연민의 정을 느끼게 만듭니다.

허유는 그 뒤에도 조조의 원씨 토벌에 수행하여 몇 가지 계략을 진언하여 조조가 승리하는 데 공헌했습니다. 이러한 일들로 인해서 허유는 자만하고 우쭐거리는 태도를 취하게 되었기 때문에 장수들에게 따돌림을 당했습니다.

조조가 기주성을 함락시켰을 때의 일입니다. 허저가 말을 타고 성문을 들어가려고 하니까, 허유가 불러 세우는 것이었습니다.

"내가 없었다면 그대들은 이 문을 들어갈 수 없었을 것이다. 고맙게 생각하라."

허유가 마치 은혜를 베푸는 것처럼 말했기 때문에, 화가 치민 허저는 한 칼에 허유를 베어 죽였습니다.

이것을 알게 된 조조는 허저를 엄하게 꾸짖고, 허유를 정중히 장사지내 주었습니다.

인물은 아니지만, 손책으로부터 원술의 손으로 넘어간 전국옥새는 원술이 죽은 뒤, 그 조카의 손으로 넘어가게 되었습니다. 그 조카는 서구라는 자에게 살해당하고, 옥새를 빼앗겼습니다. 서구는 옥새를 들고 허도로 올라가 조조에게 바쳤기 때문에, 조조는 크게 기뻐하여 서구를 고릉태수로 임명했습니다.

우물에 빠져 죽은 궁녀의 품에서 나와 손견에서 손책에게, 손책에서 원술에게, 원술에서 다시 조조에게 건네지며 마치 주인을 바꾸듯 흘러다닌 전국옥새의 모습에서 어지러운 세상의 한 상징을 보는 것 같군요.

전략 삼국지 **2**

천하삼분의 계책

원 작 • 나관중   평   역 • 나채훈, 미타무라 노부유키
그   림 • 와카나 히토시
펴낸곳 • (주)삼양미디어   펴 낸 이 • 신재석

등   록 • 제 10-2285
주   소 • 121-840 서울시 마포구 서교동 394-67
전   화 • 02) 335-3030   팩   스 • 02) 335-2070
홈페이지 • www.samyangm.com
이 메 일 • book@samyangm.com

1판 1쇄 발행 2005년 10월 10일
ISBN • 89-5897-011-1
          89-5897-009-X(전5권)

책 값은 뒤표지에 있습니다.
잘못 만들어진 책은 구입하신 서점에서 바꾸어 드립니다.